ROBERTO JENKINS DE LEMOS
Ilustrações
MARCELO MARTINS

Selecionado pela Secretaria Municipal de Educação
do Rio de Janeiro, pela Secretaria de Educação e Cultura
de Vitória — ES e para o Salão Capixaba — ES

4ª edição
10ª tiragem
2019

Avenida das Nações Unidas, 7221
CEP 05425-902 – Pinheiros – São Paulo – SP
Tel.: 4003-3061
atendimento@aticascipione.com.br
www.coletivoleitor.com.br

CL: 810178
CAE: 603319

Copyright © Roberto Jenkins de Lemos, 2000

Editor: ROGÉRIO GASTALDO
Assistentes editoriais: ELAINE CRISTINA DEL NERO
  NAIR HITOMI KAYO
Secretária editorial: ROSILAINE REIS DA SILVA
Suplemento de trabalho: MARCIA GARCIA
Supervisão de revisão: PEDRO CUNHA JR. E
  LILIAN SEMENICHIN
Edição de arte: NAIR DE MEDEIROS BARBOSA
Assistente de arte: MAURO MOREIRA
Projeto gráfico: HAMILTON OLIVIERI JR.
Diagramação: MARCOS ZOLEZI

Dados Internacionais de Catalogação na Publicação (CIP)
(Câmara Brasileira do Livro, SP, Brasil)

Lemos, Roberto Jenkins de
  Firme como boia / Roberto Jenkins de Lemos ; ilustrações Marcelo Martins. — São Paulo : Saraiva, 2000. — (Jabuti)

  ISBN 978-85-02-03074-9

  1. Literatura infantojuvenil I. Martins, Marcelo. II. Título. III. Série.

99-5079   CDD-028.5

Índices para catálogo sistemático:

1. Literatura infantojuvenil   028.5
2. Literatura juvenil   028.5

Todos os direitos reservados à Saraiva Educação S.A.

Muito do que vai contado aqui aconteceu. Ou vi, ou vivi tais situações. Algumas estão se passando hoje, você pode vê-las nos jornais, nas revistas, na televisão. No exercício da liberdade de escrever, misturei esses acontecimentos e costurei-os com a linha da ficção. Mas aquilo que não ocorreu, que foi resultado de minha imaginação, bem que poderia ter ocorrido. E quem pode nos garantir que não tenha acontecido mesmo?

Roberto Jenkins de Lemos

Para meus
queridos netos,
Rebecca,
Giovana, Tomás e Juliana,
os quais, espero,
um dia
curtam as
histórias do vovô.

Prólogo

— É isso aí, Carminha!
— Você vai adorar!

E lá se foi a galera, naquela noite de sexta-feira, uma falação só, a alegria agitada da juventude manifestando-se nos menores gestos.

Carminha não queria ir, mas tanto insistiram que acabou topando para não ser "a diferente".

Marcelo estacionou numa rua transversal à pista onde o "pega" já corria solto, e o grupo partiu à procura de um bom lugar para assistir às *performances* dos astros do asfalto, como eles próprios se denominavam.

Marcelo e Zé Paulo subiram numa árvore, e as quatro amigas escalaram o muro de um terreno baldio, de onde teriam uma boa visão — e o "pega" estava sensacional, adrenalina pura, carros voando dois a dois, motores roncando firme com pneus guinchando no asfalto.

E chegou a "hora da verdade", quando os pilotos tinham de mostrar suas habilidades com derrapagens controladas, cavalos de pau, giro total, uma loucura.

Os gritos da galera às vezes abafavam a barulheira dos motores, dependendo da maluqueira cometida.

Wando seria o ponto alto da noite, mais uma vez: a superfera do volante iria cobrir o quilômetro e meio de reta da pista em duas rodas.

— Ele disse que hoje ia ficar de pé na janela! — adiantou Maria Helena.

O sinal de que a coisa ia acontecer foi dado pelos faróis acesos dos carros que se encontravam ao longo da avenida.

E aconteceu: Wando arrancou lá longe, colocou as rodas da esquerda na rampa e o carro seguiu somente sobre as rodas da direita.

Dali do muro deu para ver o carro inclinado a uns 400m.

Deu para ver, ali do muro, quando Wando começou a sair pela janela a uns 300m.

Deu para ver, ali do muro, que ele já estava com a cintura passando pela janela, a uns 100m.

E deu para ouvir o barulho do pneu explodindo.

Também deu para ver que o carro, como assustado por aquele barulhão, deu um salto a uns 50m e virou na direção do muro.

Só não deu para fazer nada. Sentiram-se congelados, vendo o carro crescendo em sua direção.

Um barulhão enorme, misturado com gritos e... Silêncio.

Quando Carminha se deu conta, não sentiu nada. Ouvia vozes distantes sem que as pudesse entender e só notou que não podia se mexer.

As vozes foram ficando mais próximas, mais nítidas; sentiu algumas dores, pareciam arranhões. Abriu os olhos e praticamente não viu grande coisa, tudo estava na penumbra. Tentou se mexer, mas não conseguiu.

— Devagar, gente! — comandou alguém ao seu lado. — Vamos tirar esta pedra de cima dela!

Foi aí que as dores cresceram, ficaram insuportáveis, arrancando-lhe um gemido que veio lá de dentro.

— Calma, moça. Não se mexa, vamos tirar você daí, calma!

Outras vozes, muitas vozes, alguém chorava alto.

— Segurem firme, não deixem cair a pedra.

— Levante pelo seu lado!

— Vamos, agora!

Sentiu um alívio enorme quando tiraram aquele peso do seu peito; fechou os olhos com força, pois caía areia sobre seu rosto e tentou respirar fundo. Não conseguiu: uma pontada nas costas não deixou... Insistiu e a dor foi terrível.

Gritou, um som estridente e curto.

Carminha caíra do muro e uma parte dele desabara sobre seu peito.

Maria Helena, que estava com ela, caíra para o lado e os pedaços de pedra só atingiram seu braço esquerdo.

Quando a ambulância chegou, ela ainda estava deitada no mesmo lugar — não se mexe em pessoas acidentadas, e ela própria não conseguira se mexer.

Com muito cuidado — e com muitas dores — foi colocada numa maca. Ela e a amiga foram para a ambulância, apenas as duas.

Carminha passou pelo pronto-socorro apenas para tomar uma injeção e seguiu direto para exames mais detalhados — isso foi o que achou que acontecera em meio àquela movimentação toda.

Desmaiou, não sabia.

Ao despertar, percebeu que estava num quarto; silêncio, não sentia dor e, quando olhou em volta, viu seus pais conversando com um médico.

Mas não tinha certeza de nada.

Não conseguiu se mover.

Fechou os olhos, tinha de voltar à calma. Queria falar, precisava que soubessem que acordara, queria ouvir o que estavam conversando... Mas nada.

Só entendeu uma palavra: "irreversível".

As imagens foram sumindo, seus olhos pesaram e ela voltou à proteção da escuridão.

Fora operada no primeiro atendimento.

Então, começaram exames sobre exames, frequentou consultórios, esteve em alguns hospitais, passou por clínicas, sempre com Dr. Iram, médico e amigo da família, ao seu lado, tentando lhe passar a maior força.

Seu pai, Marco Aurélio, executivo de um banco, tinha recursos e conhecia muitas pessoas, o que garantiu o melhor atendimento para ela, mas "irreversível" continuava sendo sua sentença.

Foi até examinada num famoso hospital americano — "irreversível" também lá.

Voltou derrotada.

Regina, sua mãe, fazia tudo para animá-la, puxava conversa, mas ela continuava apática, não queria falar com ninguém.

Seus amigos acabaram rareando as visitas, pois era desconfortável tentar conversar com uma pessoa que não falava nada nem olhava para ninguém.

Era duro para ela, no vigor dos seus 16 anos, dona de uma alegria contagiante, promissora jogadora de vôlei, aceitar as limitações daquela cadeira de rodas à qual se viu confinada de um dia para outro.

Teria sido muito melhor se tivesse morrido.

Aquilo tudo só podia ser um pesadelo, um sonho pavoroso!

Muita paz à beira-mar

Fora prescrito para Carminha um programa de fisioterapia específico.

Na queda, caíra de costas sobre uma pedra e um pedaço do muro desabara sobre seu peito, comprimindo-a. Sofrera uma seção parcial da medula na altura da terceira vértebra toráxica, logo depois do pescoço, no início das costas. Os nervos afetados deixaram-na paralisada do peito para baixo, paraplégica era o termo médico para aquela situação — não andaria, sequer engatinharia, nem com a ajuda de aparelhos, razão para que o diagnóstico fosse acrescido daquela horrível palavra: "irreversível".

Os exercícios que deveria realizar tinham por objetivo evitar a atrofia dos músculos das pernas, ativando-os também por meio de massagens e pelo uso de aparelhos simples; esses procedimentos também fortaleciam seus ossos, estimulavam a circulação sanguínea, garantindo a higiene dos músculos e tecidos, além de contribuir para a regularização do seu metabolismo.

— Vamos trabalhar essas pernas — anunciara Dr. Iram —, pois pernas tão bonitas como as suas merecem toda a nossa atenção.

Nem a brincadeira do seu médico, repetida várias vezes, arrancara-lhe mais que um sorriso sem graça.

Júlia, que fora sua babá, dedicara-se a ela com empenho, acabando por ser sua principal interlocutora, mas só merecia meia dúzia de palavras diárias da menina; Carlos e Celso, seus irmãos mais velhos, nem isso, apenas sorrisos pálidos.

Seu melhor momento foi quando chegou sua cadeira de rodas definitiva: estrutura de alumínio, rodas iguais às de bicicleta, uma prancheta lateral móvel que, uma vez armada, fazia as vezes de mesinha, e um motorzinho elétrico comandado por um guidom em "L" invertido que, movimentado para os lados, dava direção às rodinhas da frente; no cabo do guidom, uma alavanca, como se fosse o freio de uma bicicleta que, ao ser apertada, acionava o motor.

Uma alavanca na lateral esquerda comandava a marcha a ré; a energia vinha de uma bateria, que era recarregada à noite em qualquer tomada; e o assento, uma almofada d'água.

O motor era especialmente protegido, e ela podia entrar debaixo do chuveiro com a cadeira, pois todo o seu material era à prova d'água.

Seu pai testou a cadeira, e a jovem até sorriu dos seus erros — quando Carminha a assumiu, saiu-se muito bem, como se fosse uma veterana "cadeirista".

Em dois grandes centros médicos, Carminha aprendeu pequenas coisas muito importantes para reduzir seu desconforto, como tomar banho sozinha sentada na cadeira de rodas, e a usar o cateter — um tubinho fino de plástico — para retirar a urina, e foi-lhe recomendado fazer muita fisioterapia.

Perdera os movimentos dos músculos do peito para baixo, logo, a bexiga e os intestinos ficaram sem controle, e a solução para seu caso foi o uso de fraldas. Tinha de trocá-las seis vezes por dia, não tinha nenhuma sensibilidade.

Carminha chorou muito por causa da tal fralda, tinha vergonha, verdadeiro pavor de ser cuidada por outras pessoas. — "Isso é humilhante!" — desabafara certa feita.

Antes de dar início à fisioterapia, Dr. Iram explicou-lhe as razões daquele tratamento: era preciso ter cuidado com as escaras, já que ela iria ficar sentada ou deitada, e a pressão constante dos ossos do corpo contra o colchão ou o assento da cadeira poderia levar à morte do tecido comprimido ou da carne, como geralmente se diz; e esclareceu à jovem que aquilo que era chamado de escara na verdade era como uma ferida.

Destacou a importância de uma rigorosa higiene corporal, das massagens que estimulariam a circulação do sangue, também movimentando o tecido muscular, e, finalmente, dos exercícios que ativariam diretamente os músculos, além de contribuírem para a boa circulação do sangue.

Apesar de todas essas explicações, perfeitamente entendidas, Carminha não alterou seu ânimo — ou desânimo.

Foi para a Magno Clínica por ir, embora já conhecesse o fisioterapeuta de lá, carinhosamente chamado de Maguinho pelos atletas da sua escola que, contundidos, eram ali atendidos.

— Eu não me conformo, Iram.

— Marco Aurélio, adolescente é assim mesmo. Carminha é igual a todos eles, agem mais pelas amizades e emoções do que pelo raciocínio, e é exatamente sobre isso que quero falar com vocês — o médico convidara o casal para uma conversa no seu consultório. — Ela está deprimida, como eles mesmos dizem, sem pique, baixo-astral: como atleta, sabe o que não poderá mais fazer.

— Iram, mais do que deprimida, Carminha parece estar com raiva! — observou Regina. — Não se interessa por nada, não quer conversar nem conosco, só responde com monossílabos ou resmungos...

— Sei que é duro pra ela — considerou Marco Aurélio —, mas seu comportamento torna tudo muito pior pra todos

nós. Claro que a vida dela vai mudar radicalmente, nós ainda teremos de descobrir como vai ser essa nova vida.
— Sem dúvida que isso tudo é difícil de suportar. De fato, ela está com raiva, ficou de mal com o mundo, só que isso não é de todo ruim — acrescentou o médico.
— Não estou entendendo, Iram — Marco Aurélio foi franco.
— Raiva é um sentimento forte, é negativo, mas demonstra uma reação — o médico ia explicar o que estava pensando. — O que precisamos é canalizar a força emotiva de Carminha para o lado positivo.
— O que ganharíamos com isso e como fazer tal mágica? — quis saber Regina.
— Esse é o nosso problema agora! Ela se isolou de todos — o médico acompanhava o comportamento da moça. — Seus amigos a procuraram, mas ela os afastou.
— E como! — concordou a mãe. — O time de vôlei, então! Ela não quer nem ouvir falar no nome das colegas! As meninas programaram uma festinha e Carminha não aceitou nada. A placa de prata que entregaram pra mim... Quando lhe dei, atirou-a pela janela.
— Bem... Então o ambiente da casa não está sendo bom para sua recuperação — encaixou o médico.
— Mas como?! Lá ela tem de tudo, meu Deus! — exclamou o pai.
— Carminha tem um temperamento forte, é bastante determinada. Ocorre que existe um quadro real: estar em casa, cercada de carinhos e atenções, não está sendo bom para ela! Ela aceitou a fisioterapia, mas vai à clínica do Maguinho sem entusiasmo, vai contrariada, é só o seu corpo que entra ali; a cabeça e a vontade ficam fora, entenderam? Sua resposta está muito nítida: ela está zangada conosco, ela rompeu com a gente. Na minha opinião, precisamos dei-

xar Carminha livre da nossa presença — fez uma pausa para dar tempo aos dois para absorverem o que propunha. — Talvez as atenções e os cuidados a estejam sufocando, pode ser que esse ambiente, esse clima de superproteção, não a deixe pensar noutra coisa que não na "sua culpa" pelo acidente.
— É... Isso faz um certo sentido — refletiu Marco Aurélio.
— Vejam bem, não tenho certeza absoluta de nada — Iram fez questão de ser bem claro —, mas poderíamos tentar um esquema diferente: levá-la para um outro lugar... Pedra do Peixe, por exemplo. É perto, tem comunicação fácil, é de vocês, não se trata de uma clínica e ela gosta de lá...
— É, eu poderia ir com ela...
— Você, não, Regina — Iram a interrompeu carinhosamente. — Nós todos, na minha opinião, somos parte do problema. Se ela for, Júlia seria a companhia ideal.
Um parêntese sobre Júlia: ela estava com eles desde o nascimento de Carlos, o filho mais velho; fora babá dos três e, à medida que Carminha crescia, foi-se tornando uma espécie de governanta da casa, uma pessoa da família que cuidava de tudo e de todos.
— E a fisioterapia? — lembrou Marco Aurélio.
— Bem, os exercícios são simples, e a aparelhagem é de fácil transporte. Júlia a tem acompanhado nas sessões e com um pequeno treinamento estará em condições de tocar os exercícios corretamente e de fazer as massagens — Iram traçava com simplicidade as linhas da nova estratégia.
— É, isso pode funcionar...
— Só não se esqueçam de que a decisão tem de ser dela. Vocês iriam para lá num final de semana prolongado, voltariam no domingo deixando as duas sozinhas. Vamos ver qual será a reação dela — fechou Dr. Iram.

— Vamos conversar com Carlos e Celso, para que eles também participem — lembrou a mãe. — E depois, é claro, com Júlia, pois tudo será montado em torno dela.
— Sim, acho que é por aí — concordou Marco Aurélio.

E fizeram como haviam combinado.

Todos acharam que valia a pena tentar, mas ninguém tocou no assunto com a jovem, numa cumplicidade de ternura e carinho: a decisão tinha de ser dela.

Numa tarde da semana seguinte, como quem não quer nada, Regina arriscou:
— Carminha, você não tem saudades lá de Pedra do Peixe?

Carminha ficou olhando para sua mãe por algum tempo.
— É, pode ser... — respondeu friamente.

Regina não insistiu, até falou sobre outra coisa qualquer. Passados alguns dias, foi a vez de Marco Aurélio.
— Quero ver se consigo ir lá na Pedra do Peixe... O que você acha, filha?
— É, pode até ser... — sua eloquência ficou nisso.

Ele continuou lendo seu jornal e não se tocou mais no assunto.
— Quando é que iremos à Pedra do Peixe? — perguntou Carminha na segunda-feira seguinte, pegando Regina de surpresa.

Ela estava arrumando o guarda-roupa da filha, de costas para Carminha, que não pôde ver a fisionomia de espanto da mãe.
— É, seu pai estava com vontade de ir lá — cuidava para ser o mais natural possível. — Para ser franca, também estou com vontade de ir, passar um fim de semana prolongado naquela tranquilidade — falava com calma, mas sem encarar a jovem.
— A gente podia ir na sexta.

— Na hora do almoço ligo para saber se ele poderá ir, filha.
— Dava até para eu ficar lá com a Júlia... Uns dias só.
A decisão estava tomada, com poucas palavras, sem emoção.
Mas Carminha se decidira.

Os preparativos foram sendo feitos longe dos olhos da moça, exceto o treinamento de Júlia nas massagens e no apoio aos exercícios, pela necessidade de praticar com ela — só que isso era normal, ela mesma dissera que seria bom ficar lá com sua babá.

O casal foi para a marina no dia seguinte ao da decisão de Carminha, obviamente com uma desculpa para justificar sua saída.

Estiveram com seu Ambrósio, o administrador da Marina Pedra do Peixe, para quem explicaram tudo o que acontecera e o que pretendiam agora, começando com a parte prática: a adaptação do banheiro do apartamento deles.

Retiraram os vidros do boxe, substituindo-os por uma cortina de plástico: mandaram afixar duas alças nas paredes do boxe, para que a moça tivesse em que se firmar durante os seus banhos; nivelaram o piso com rampas suaves, possibilitando a movimentação da cadeira de rodas; e mudaram a posição da pia, para facilitar a entrada da cadeira. Felizmente a construção era antiga, com um banheiro espaçoso.

Marco Aurélio conseguiu uma mesa de massagens emprestada na Clínica, assim como o aparelho para a ginástica, despachando-os para a marina.

E, depois de tudo isso, numa quarta-feira majestosamente ensolarada, Carminha chegou à Marina Pedra do Peixe com seus pais, mais a escolta de Júlia.

Celso e Carlos viriam no sábado, cedinho.

A Marina Pedra do Peixe fora um empreendimento imobiliário pioneiro naquela região, lá pelos anos 1960.

Era uma pequena parte do Paraíso, próxima a Angra dos Reis, com um ancoradouro perfeito, como se a natureza o tivesse feito especialmente para abrigar aquela belíssima frota de barcos, lanchas e iates.

Havia um conjunto de apartamentos distribuídos em seis prédios de dois andares, todos servidos por espaçosos elevadores e um setor de serviços para apoio aos barcos e navegantes: um hotel com butique, um bar-restaurante, mercadinho, fábrica de gelo e um pequeno estaleiro ao lado do mar, além de um posto de abastecimento de combustível para os barcos a motor.

A arborização era um dos pontos altos dali, com amplas calçadas cortando os bem cuidados gramados, uma paz sonorizada alegremente pelo trinar dos pássaros.

Nas férias era um burburinho de gente, barcos entrando e saindo, uma alegria de cores que se misturavam harmônica e permanentemente — no restante do ano, o movimento se limitava aos feriados e aos finais de semana.

A marina era muito bem cuidada por seu Ambrósio, que, em termos práticos, era o Comodoro de fato: tudo ali era com ele.

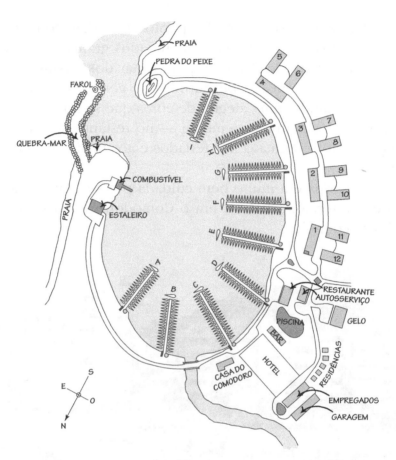

O apartamento da família de Carminha ficava no bloco 1, no canto do 2º andar, voltado para o ancoradouro, ladeando a pista que vinha da entrada.

Logo ao chegar, ela percebeu as adaptações feitas ali, mas nem ela nem ninguém comentou sobre isso.

Regina e Marco Aurélio aproveitaram aqueles dias para visitar conhecidos, e a moça permaneceu em casa, sempre com Júlia, sua escudeira em tempo integral.

Tendo a mesa de massagens e o aparelho para os exercícios, teve de fazer sua fisioterapia, o que aconteceu sem nenhum entusiasmo de sua parte; a troca de fraldas permanecia sendo o seu grande constrangimento, mesmo Júlia comentando que já fizera aquilo com ela centenas de vezes, há um bom tempo, é verdade.

Só chegava na varanda, de onde podia ver a Pedra do Peixe lá à direita.

Essa Pedra do Peixe era um ponto muito especial: na boca da barra — a entrada para a área onde os barcos eram atracados ou fundeados —, do lado de dentro, do lado da terra, portanto, havia uma pedra cujo formato, quando visto do mar, era o de um peixe, o que veio dar o nome àquele lugar.

Sempre fora seu lugar predileto, porém, naqueles dias, se limitou a olhar a pedra apenas da varanda.

No sábado seus irmãos chegaram, uma festa só, mas, por mais que insistissem, sequer conseguiram levá-la para um passeio e no domingo, depois de mais uma recusa da irmã, acabaram saindo de lancha somente os dois.

Ela os acompanhou da varanda... E chorou.

Nesse mesmo domingo, na hora do almoço não teve como não sair, pois todos combinaram de almoçar no restaurante da marina e, se ela não fosse, criaria uma situação desagradável. Foi, mas falou pouco, como se não estivesse interessada nas conversas que se entabularam.

Dona Gê e seu Jaime, os administradores do local, vieram cumprimentá-los.

Estavam retornando para o apartamento quando cruzaram com um rapaz franzino, um tipo muito especial, braço e perna esquerdos atrofiados, corpo aparentando 10 ou 12 anos, traídos por uma fisionomia de 16 ou 17; velho conhecido da família (e muito querido por todos), fora adotado por dona Gê e seu Jaime ainda bebê. Apesar das deficiências inatas, era "pau para toda obra"; levava recados, trazia pedidos, entregava refeições e suprimentos para os barcos, dos quais recebia os pagamentos devidos,

circulava ágil com seu triciclo por todos os cantos da marina, ajudando aqui e ali, sempre de bem com a vida, um sorriso permanente em seu rosto simpático — Joca, era o nome pelo qual atendia.
— Oi, gente! — saudou de longe.
— Como vai, Joca? — perguntou Carlos.
— Firme como boia! — sua saudação costumeira. — Oi, Carminha, estava sentindo sua falta.
— É... Faz tempo... — respondeu a moça, sem encarar o rapaz.
— Vocês vão ficar a semana?
— Não, eu é que vou ficar — falou sem muito entusiasmo, mas, pelo menos, falou.
— Mas isso é muito bom! — Joca sempre estava alegre. — Então a gente se fala, Carminha. Amanhã pinto aí. Foi bom ver vocês todos — assim se despediu, seguindo seu caminho com aquele andar desengonçado.

Carminha e Júlia ainda ficaram na varanda por um bom tempo depois que o carro da família começou a viagem de volta.
— Júlia...
Júlia era toda atenção.
— Estou com vontade de chorar...
— Pois chore, minha filha. Já vi você chorar muitas vezes, até mesmo quando você nem sabia o que era chorar.
E Carminha chorou, um choro manso, que vinha lá do fundo, um choro de muitas lágrimas, de lavar a alma, daqueles que seguram a respiração.
Júlia ao lado, acolhendo a cabeça da moça de encontro ao seu corpo, afagando aqueles cabelos curtos, chorou com sua menina, um choro um tantinho feliz, já que pela primeira vez depois daquilo tudo a jovem mostrava alguma reação.

Nenhuma das duas saberia dizer por quanto tempo ficaram ali na verdade.
Quando se fez silêncio, Júlia esperou até que ela falasse.
— Vamos ver televisão?
Assim, quando o telefone tocou, as duas estavam diante da tevê.
— Que bom que vocês chegaram, mãe... Nós? Estamos vendo televisão — um senhor discurso que ficou só nisso.

Carminha não dormiu bem, agitou-se muito durante a noite. Despertou com o cheiro gostoso do café sendo coado por Júlia e, sem saber por que, sentiu-se um pouco melhor e até não reclamou muito durante o ritual de sua higiene matinal.
Depois do café começou a fisioterapia, que se seguiu até as 10h. Então ligou para sua mãe e em seguida resolveu descer com Júlia para dar uma volta.
— Vamos lá na Pedra do Peixe — comandou.
E seguiram pela calçada até a base da pedra, onde ficou contemplando o mar, consolo para quem não poderia mais escalar aquela pequena e caprichosa obra da natureza. Mas sentiu o gostoso ar que vinha do mar tangido por uma brisa suave... Para ela, aquele ar tinha gosto, era saboroso.
Nesse primeiro passeio Júlia teve de vencer alguns obstáculos no percurso: a falta de rampas para descer e subir os meios-fios das calçadas; passar do piso do prédio para a calçada; os buracos nas calçadas e coisas assim.
Ao retornarem, já quase chegando ao prédio, viram Joca dirigindo-se também para lá, com aquele seu andar gingado.
— Quer dizer que perdi o passeio! — foi sua bem-humorada saudação.
— Fomos pegar um pouco de ar — explicação sumária da moça.

— Dona Júlia, se a senhora quiser, eu fico com a Carminha mais um pouco aqui embaixo.
— Boa ideia, meu filho. Vocês ficam proseando que vou adiantando o almoço.
— Carminha tinha aceitado, o que era ótimo na avaliação de Júlia.
— E, se me convidar, eu aceito, viu?
— Eu ainda não me ajeitei direito, de modo que hoje só vai ter uma galinhazinha ensopada...
— Com quiabo?
— É, pode ser...
— E uma farofinha esperta?
— Você já está querendo muito, moço.
— Ah, Júlia... Uma farofinha de ovo... — apoiou a jovem.
— Bendita Santa Engrácia! — pensou Júlia consigo mesma, esforçando-se para responder como se estivesse fazendo uma tremenda concessão por atender ao pedido, o primeiro feito por Carminha naquele tempo todo. — Está bem, está bem! Vai sair uma farofinha de ovo... Mas é só pra ser gentil com o seu "fila-boia", aí, viu?

Carminha ouviu mais do que falou, tanto pelo seu estado de ânimo ensimesmado, quanto pela natural eloquência de Joca. Mas ficou ali, pelo menos participou.

Ele contou mil e uma coisas da marina, falou dos moradores permanentes que residiam nos próprios barcos; explicou sobre o movimento aos sábados e domingos, com aquele seu modo simples de falar, revelador da sua grande dose de observação que não deixava escapar um detalhe.

A conversação só foi interrompida quando Júlia, lá da varanda, anunciou a hora do almoço.
— Vamos subir?

— Vamos sim, que até fiquei com fome por conta da sua farofa! — E Carminha acionou o motorzinho da sua cadeira, o que, se surpreendeu o rapaz, não lhe produziu nenhum comentário. Ajudou-a a vencer o desnível do piso e, esperto como era, gingou mais depressa para abrir a porta do elevador para a amiga.

— Dona Júlia, sempre que a senhora tiver uma galinhazinha dessa, não precisa se preocupar em guardar as sobras... É só avisar que eu cuido disso.

Naquela primeira semana foi se estabelecendo uma nova rotina, e a jovem ia melhorando de disposição, com o apoio de Joca.

O papo entre os dois acontecia pela manhã, às vezes à tardinha e só na quinta-feira ele veio à noite, com um CD de *rap* para ouvir com a amiga.

Seu Elvídeo, o gerente do mercadinho, pomposamente anunciado como "autosserviço", também apareceu para dizer a dona Júlia que, se ela quisesse, podia fazer suas compras que ele mandaria entregar.

Joca assumira a entrega diária de pão e leite, tarefa que ele executava pela manhã, deixando o saco pendurado na porta, sem incomodar.

— Vai passear com sua amiga, Joca? — perguntou seu Ambrósio.

— Vou sim. Gosto de conversar com ela. E depois, tem os degraus e os batentes, né?

— Que degraus?

— É que a gente que anda bem não nota, seu Ambrósio. Mas pra cadeira de rodas é difícil sair por aí. Bem, já vou indo.

Com aquela seu Ambrósio não contava... Não é que ele nunca pensara naquilo?

Não só não pensara, como nunca iria pensar se Joca não lhe dissesse.

— É, aprendi minha lição de hoje — falou com seus botões. — Vou acompanhar esse passeio de longe para ver os problemas do percurso.

E lá se foi, como quem não queria nada, olho firme nos passos de Joca.

Durante quase meia hora viu as várias vezes nas quais o rapaz teve de auxiliar Carminha para vencer obstáculos, um buraco, um desnível, um meio-fio e coisas assim, todas insignificantes para quem andava normalmente, mas complicadas para uma cadeira de rodas.

— Amanhã mesmo começo a resolver isso! — decidiu-se.

Na sexta-feira seus pais vieram, e sua mãe trouxe algumas revistas e livros.

Notaram que ela estava com uma corzinha bem melhor e até falando um pouco, porém, como combinado, não disseram absolutamente nada.

No sábado seu pai foi atrás de Joca para irem lavar a lancha, uma das curtições de Marco Aurélio, e Regina foi conversar com dona Gê, saber das novidades.

Seus irmãos tinham uma festinha no sábado e não viriam; mas telefonaram e nem eles nem ninguém comentou que a "festinha" era um jogo de vôlei.

Foi um fim de semana bastante gostoso, igual a muitos que haviam passado ali.

Domingo à noite, de novo as duas sozinhas, Joca apareceu.

— Seu velho me convidou pra sair de lancha no próximo sábado!

— Faz tempo que não saio na "Charmosa"...

— E por que não vem com a gente?
— É... Pode ser.
— Joca, sabe que reparei numa coisa...
— É? No quê?
— Tem um lanchão aqui no "E" que já saiu duas vezes à noite.
— Ah, deve ser a "Marlim de Prata", uma lancha grená com umas faixas prateadas.
— Me pareceu preta com faixas brancas dos lados.
— É dum paulista, mas a tripulação é de gringos. O comandante é um tal Estefânio e ele fala numa enrolação brava. E esse paulista gosta de pescar em mar alto, mas vem pouco aqui.
— Então, por que eles saem à noite?
— Só pode ser pra achar peixe, ora!
— Mas pescar à noite?
— É, pescaria tem seus macetes, sabe? O paulista vem pouco, mas, quando vem, quer sair e pegar seus peixões. Ele é dos que não aceitam mar ruim, saiu tem de trazer peixe. Por isso, o Estefânio deve ficar correndo currico por aí pra descobrir onde tem peixe.
— Correndo o quê?
— Currico! A gente pega uns anzóis com isca e toca o barco devagar... Onde tiver muito peixe, os danados fisgam. Aí, a gente descobre onde eles estão, marca o pesqueiro pra voltar depois. — A seu modo, Joca era um entendido em pescaria e aproveitou o interesse da moça para contar outras curiosidades da marina: falou sobre os proprietários de barcos que só vinham de vez em quando; deu mais detalhes sobre os três que moravam nos próprios barcos, o casal de franceses, o inglês que "enchia a cara" e o alemão das "músicas malucas".

Com o olho na tevê e um ouvido na conversa, Júlia estava contente por ver a jovem interessada na falação do amigo, rindo até de certas passagens, sem dúvida invencionices, mas benditas invenções.

— Carminha, filha. Já viu que estão remendando os caminhos aí de baixo?

— Vi, Júlia. Eles estão fazendo rampas nos meios-fios e ao lado das escadinhas.

— É, assim fica bem melhor para a gente andar por aí.

— Não só pra mim, mas pra quem sair com carrinho de bebê, pros garotos que andam de patins, pra turma do *skate*...

Personagens especiais dentre tipos já muito especiais

— Muito bom dia, gente!

— Você já está na tocaia, Joca? — Júlia gostava daquele rapaz.

— Claro que sim. Estava esperando vocês duas, ora!

— Que é que o senhor está inventando agora? — Júlia sabia que viria alguma novidade dali.

— Sabe?... Ontem falei do povo que mora nos barcos. Pois é, se você quiser, podemos dar um giro pra conhecer esse pessoal.

— Boa ideia! — concordou a moça.

— A senhora pode vir com a gente, dona Júlia, mas, se preferir, pode ficar pegando um ventinho ali no barco que eu vou com Carminha.

— Bem... É que dona Regina ainda não ligou...

— Então, Júlia, fica perto do telefone que eu vou conhecer esse povo com o Joca. E não se preocupe, que não vou cair n'água — e riu aquela sua risada gostosa.

Quando o telefone tocou, respirou bem fundo antes de atender.

Os dois entraram no deque "F" e, lá pelo meio, Joca parou defronte de um belo iate.
— Ei, seu Luís! — chamou.
Quem atendeu foi uma bela mulher, loura, aparentando uns quarenta e poucos anos.
— Oi, Jocá. Jean Louis foi lá no estaleiro.
— Bom dia, dona Ana. Vim apresentar minha amiga Carminha. Ela está no bloco 1.
— *Bienvenue*, Carminha! Eu sou Anne.
— Muito prazer. Nós estamos dando uma voltinha, não quero incomodar.
— *Mais non*, venha sempre, *ma chérie*.
Dali, rumaram para o "C", seguindo até o final.
— Aquele é o barco do inglês — e indicou uma lancha azul-clara, atracada na cabeça do deque. — Esse aí não dá para apresentar, ele não é de conversa.

— É um solitário?
— Seu Jaime diz que é um "lobo do mar", mas pra mim ele é uma esponja do mar, o danado bebe como gambá.
— E você já viu gambá beber, cara?
— Eu não vi... Mas você pode garantir que gambá não bebe?
Voltaram, dobrando em direção ao "A". Mal entraram no deque, ouviram a música.
— Está ouvindo? É o alemão com suas músicas malucas.
— Isso é música clássica, Joca! Parece uma ópera.
— Ah! Vai ver que é isso, devem estar operando a cantora...
— O quê?
— Escuta só como a coitada grita! Deve ser operação sem anestesia!

Júlia, lá do seu banco, apreciava o regresso dos dois: Carminha vinha falando para um Joca atento, caminhando a seu lado.

Joca chegou com seu gingado: "Pois aqui está a moça, ela nem tentou mergulhar no mar, dona Júlia, palavra de marinheiro!"
— Conheci uma francesa muito bonita.
— Seu Mascarenhas, lá do hotel, garante que ela foi artista de cinema lá na França.
— E quem mais vocês visitaram?
— Um gambá e o homem das músicas malucas — disse Carminha entre risos.

Já no apartamento ela falou do seu passeio para Júlia e ficou de pedir que sua mãe trouxesse um CD de músicas clássicas.

Como Júlia fazia o almoço, a garota foi para a varanda, bem a tempo de ver a "Marlim de Prata" chegando:

acompanhou a manobra de atracação na cabeça do "E" e viu dois tripulantes descarregando algumas caixas, que foram colocadas cuidadosamente num carrinho de carga, um pranchão com rodas altas.

Apenas um dos tripulantes veio com o carrinho pelo deque. O outro retornou para a lancha; quase ao mesmo tempo, um furgão cinza parou na pista, quase sob a varanda, para receber as tais caixas. O motorista conversou com o marujo, e o outro tripulante veio lá da lancha, embarcando no furgão. Em minutos o transporte das caixas fora realizado e tudo voltou ao normal. Ela não sabia se aquilo era comum, mas gostou daquela coincidência: "Se eles foram correr currico por aí, pescaram 'peixe caixa', um peixe que eu nem imaginava que existisse...".

Na terça, à tardinha, seu amigo veio bater papo, e os dois foram para a varanda.

Carminha deduziu que o transporte das caixas era coisa sem importância, pois contou o que vira e o rapaz apenas ouviu o relato, sem nenhum comentário.

— Você curte viver aqui, não curte, Joca?

— Claro que curto... Mas não sou só eu, não. Tem bem uns dez ou doze apês com gente morando aqui direto. Acho que são aposentados.

— Tenho visto um ou outro barco saindo de vez em quando.

— Quer vida melhor que essa?

— Você tem razão, isso aqui é demais.

E Joca falou de sua vida: não conhecera seus pais, fora adotado por dona Gê e seu Jaime e os chamava de mãe e pai; quando completou 10 anos, eles lhe contaram sobre a adoção.

— Cá no fundo, eu já andava desconfiado, sabe? Sou bem diferente dos dois. Seu Jaime é aquele homão, forte que nem um touro e dona Gê, aquela belezura... E eu sou esse rascunho aqui, né?!

— Que é isso, Joca?! — interrompeu Carminha.

— Amiga, tem espelho lá em casa. Sou um rascunho, sim. Mas isso não me grila mais. Já me chateou muito, sabe? Parei na 4ª série por conta das gozações e dos apelidos: bracinho, mão torta, pião doido, balança, mas não cai... Meus pais lutavam com dificuldades, não podiam escolher uma boa escola, tive de estudar onde deu e não tive lá essas sortes. A escola era um pesadelo, eu chegava em casa e ficava trancado com meus livros, até que fui um bom aluno... Mas, quando seu Jaime conseguiu vir para cá, pensei que estava sonhando. Tinha terminado a 4ª e pedi para não ir estudar, queria aprender um trabalho.

— Mas você pode voltar a estudar, Joca.

— Poder, posso e hoje acho que não ia me incomodar com apelidos. Sei ler e escrever, sou até bom de contas, não me aperto com os números. Já sei fazer muitas coisas lá no bar e no restaurante, e aprendi alguns macetes sobre os barcos, não vou marcar bobeira, entende?

Carminha estava conhecendo um novo modo de encarar a vida, um modo prático.

— Amiga, os donos desses barcos estudaram, ganharam dinheiro, são pessoas importantes... E sempre vão precisar de alguém atrás de um balcão para atendê-los, vão pagar por esse atendimento. Então, quero ser o cara atrás do balcão, não um cara qualquer, mas o melhor de todos. Nasci assim, não escolhi isso. Foi coisa de Deus e Ele sabia que eu ia aguentar o tranco, isso dona Gê sempre me disse e eu acredito, acredito em mim. Sei viver com esses meus braços e com estas pernas meio bobas; o que conta é minha cabeça e a certeza de que posso trabalhar, posso ser útil.

Cada palavra de Joca batia fundo na jovem.

Ela nunca pensara na vida por aquele ângulo.

Naquela noite Carminha custou a dormir. As palavras de Joca continuavam ecoando em seu cérebro, até parecia que tinham vida própria.

Seu amigo nascera assim, estivera em desvantagem desde o início de sua vida e, do seu modo, lutara para ir em frente, dava de si para continuar vencendo os obstáculos do caminho.

E ela? Jogara fora grande parte do que a vida lhe dera: fora na hora errada para o lugar errado, fazer a coisa errada. Chorou baixinho, chorou sozinha com seu travesseiro. E dormiu chorando mansinho.

Pela manhã, a rotina de sempre: acordar, banheiro, café e exercícios.

Júlia seria capaz de apostar que a jovem fizera seus exercícios com mais disposição naquela manhã, mas podia ser apenas impressão.

Depois do banho, a jovem foi para a varanda. Fazia um sol maravilhoso e estava chegando um belo iate que atracou na cabeça do "F".

Não deu para ver o nome, mas viu as duas mulheres que desceram e se encaminharam para a terra; será que iriam para o "chuveirão"?

Na ponta de cada deque havia um "chuveirão" e uma torneira com mangueira longa — o pessoal que ficava certo tempo embarcado chegava à terra louco por uma boa chuveirada de água doce para tirar o sal do corpo; e com a tal mangueira era possível abastecer as embarcações com água potável, tudo de acordo com a melhor técnica.

Os "chuveirões" eram enormes, e a água saía dali com uma força incrível; alguns dos navegantes desconheciam essa particularidade e abriam-nos ao máximo... Era um tal de maiôs e calções caírem, que era uma festa! Muitas pessoas ficavam de olho nos "chuveirões" nos dias de maior movimento, divertindo-se com a nudez inesperada de um ou outro.

Carminha seguiu, curiosa, o deslocamento das duas mulheres; ambas tomaram suas chuveiradas sem problema. Deviam conhecer as artimanhas dos chuveirões. Porém, quando sua mãe telefonou, ela não perdeu a chance de caçoar dos irmãos.

— Diz pros meninos que acabei de assistir a um *striptease* duplo.

Seu Elvídeo preparava uma carga de abastecimento, separando gêneros em caixas de papelão.

— Bem, aí está a encomenda da "Marlim de Prata".

— Deixa comigo, seu Elvídeo — disse Joca. — Quanto é que dá?

— Tome a notinha... são R$ 325,00. Eles pediram seis uísques esta semana.

— Esse povo gasta bem.

— Quem tem um barco daqueles não olha pra continhas, seu Joca.

— E tem gente que tem de viver o mês com metade disso.

— O que seria da gente se não existissem pessoas que gastam bem?

— É isso aí, seu Elvídeo! Deus queira que eles sempre possam gastar isso e muito mais.

— É assim mesmo, Joca. Afinal, precisamos ganhar o nosso!

E lá se foi Joca no triciclo, entregador e recebedor do autosserviço nas horas vagas, que nunca ficavam vagas, felizmente.

Na manhã do outro dia, Carminha estava no "seu posto" quando passou pela barra da marina uma lancha cinza, de onde veio o som de uma sirene.

Naquele exato momento, Joca chegava com as compras de dona Júlia, e foi chamado por Carminha lá na varanda.

— Que barco é aquele?

— É a lancha da Capitania dos Portos.

Ela nunca vira a tal lancha, e o amigo lhe explicou que, de vez em quando, o pessoal da Marinha dava uma chegada até a marina para fazer inspeções de rotina.

— Eles vão lá com seu Ambrósio, no Gabinete do Comodoro, pra conferir os livros, saber das novidades.

Os barcos tinham de ser registrados na Capitania, com o nome dos seus proprietários e até dos tripulantes, no caso dos barcos que necessitavam de tripulação.

— Barco é como automóvel, Carminha, tem de ser emplacado todo ano, tem de ser registrado, fazer vistoria pra ver se tudo está em ordem.

— Não sabia disso...

Acompanharam a manobra da lancha cinza, que circulou pelo ancoradouro, deu uma parada na bomba de combustível e depois foi para o intervalo entre "A" e "B", onde foi recebida por seu Ambrósio.

— Às vezes eles passam o dia todo verificando as coisas, visitam um barco novo, conferem os equipamentos, coisas assim.

Depois do almoço, Carminha "garimpava" na televisão, procurando um filme qualquer, quando sintonizou num jogo de vôlei.

O impacto foi instantâneo.

Sozinha ali na sala, ficou grudada na telinha, cabeça a mil.

— Sou uma idiota! — disse com raiva. — Nunca mais vou entrar numa quadra...

E não teve como segurar as lágrimas.

Júlia, que passava roupa na área, "sentiu" que algo diferente ocorria e veio silenciosamente ver sua menina... Viu-a, cabeça baixa, o corpo sacudido pelo choro, o jogo correndo na TV.

A jovem perdeu o ânimo e foi para seu quarto.

Júlia esperava Joca, que viria lhe trazer fermento, e assim que o rapaz saiu do elevador, lhe fez sinal de silêncio e foi ter com ele no corredor.

— Carminha não está bem, Joca!

— Sei como é, dona Júlia. Bateu fossa, não foi? — e entregou-lhe o fermento.

— É, foi sim. Ela ainda está muito sentida com ela mesma. Vai passar, um dia vai passar.

— O tempo lava tudo, até a tinta dos barcos... Volto depois. — e Joca levou seu gingado elevador abaixo.

Lá pelo finalzinho da tarde, voltou com uma grande caixa debaixo do braço.

Júlia abriu a porta e fez um sinal que pretendia dizer que a jovem estava "mais ou menos".

— Oi, dona Júlia! — falou bem alto.

— Carminha, é o Joca, filha. — E baixinho para ele: — Está lá na varanda.

Ele nem esperou por convite e foi entrando rumo à varanda.

De lá, ela apenas virara a cabeça.

— Trouxe aqui uns achados que você vai gostar. — Sem estranhar o silêncio da amiga, aboletou-se ao seu lado, abrindo a caixa, cheia de quinquilharias.

E tinha de tudo lá dentro: bijuterias, cortadores de unha, canetas e canetinhas, canivetes, chaveiros aos montes, óculos, meia dúzia de isqueiros... Até um camafeu, um retrato de mulher dentro de um coraçãozinho que se abria.

Cada peça tinha sua história, se verdadeira ou inventada, não se sabia.

— Ora, até ia me esquecendo! — E tirou um CD do inseparável casaco.

— Um som sempre cai bem, né? — e sem a menor cerimônia colocou o CD no som e voltou, para prosseguir na mostra de seus "tesouros".

— Não mostro isso pra ninguém, mas sei que você vai curtir meus achados... São coisas sem valor, perdidos por aí, que não devem ter feito grande falta para seus donos...

— Você deve achar muita coisa aí na marina.

— No verão, então, nem dá para acreditar. Já achei até dentadura! As coisas de valor, entrego pro seu Ambrósio... Já achei até carteira cheia de dólar, relógios, nem me lembro quantos. Só guardo comigo essas besteiras aí. É minha coleção de inutilidades. Legal, né?

Um papo sem compromisso, coisas de jovens para Júlia, mas que conseguiu "pescar" Carminha de volta, pois aos poucos ela foi se interessando por uma coisa e outra.

Lá pelas tantas, ao levantar a cabeça, viu a "Marlim de Prata".

— Olha lá, Joca! Lá vão eles...

O relógio ia adiante das seis e a lancha manobrava lentamente, luzes acesas.

— É, o Estefânio não relaxa. Lá vai ele atrás de pesqueiros novos.

"Marlim de Prata" seguiu para a barra, motor roncando grave; zarpou para o mar e acelerou, fendendo o mar escuro em duas línguas de espuma.

— Viu? Apagou as luzes!

— É... Taí, não tinha sacado este lance....

— Você vê sempre lá de baixo...

— E não é? Basta dobrar a barra que ele desaparece.
— Mas daqui de cima dá pra ver que é só sair, e eles apagam as luzes.
— Curioso... E não podiam fazer isso.
— Só que fazem, você mesmo acabou de ver.
— Vi, não há dúvida. Mas não entendi.

Depois que Joca saiu, Carminha ficou pensativa. Havia algo de estranho nas saídas daquele barco. Ou não?

Seus pais chegaram na tarde da sexta-feira, e ela ainda não se recuperara de todo, mas, alertados por Júlia, fizeram de conta que tudo estava normal.

Puxaram conversa naturalmente, sem forçar o diálogo.

No sábado, como combinado, Joca chegou cedo.

— Vim ver se o convite está de pé, seu Marco.
— Gostei da pontualidade, Joca. Vamos lá!
— Você vem com a gente, Carminha?
— Hoje não, obrigada.
— Você que manda. Fica pra próxima.

E os dois saíram na "Charmosa".

— Regina, esse Joca é fora de série — disse Marco à tarde, quando dava uma volta com a esposa.
— Ele tem sido um grande companheiro pra Carminha.
— Mais do que isso, meu bem. Ele sabe tudo sobre o comportamento dela, acha que é isso aí, mesmo, não podia ser diferente...
— Ele disse isso? — Regina estava surpresa.
— Lá com as palavras dele, disse. Quando já estávamos voltando, vinha pensando no que ele dissera. Sabe o que ele falou? Foi mais ou menos assim: "seu Marco, não esquenta, não. Dá um tempo. Deixa ela gastar a raiva,

que vai voltar a ser alegre como era. Conte comigo que eu ajudo a gastar essa raiva. Quando descobri que era diferente dos outros meninos, também fiquei com raiva, raiva até de Deus. Mas um dia passou. Não dá pra ficar com raiva a vida toda. O tempo come a raiva. Igualzinho o mar come as pedras".
Regina estava emocionada.

— A gente vê um molecote como o Joca, que só sabe ler e escrever, com uma deficiência severa e não espera que ele tenha tanta sensibilidade sobre a vida — filosofou Marco.

Acontece que nem tudo ali era calmaria

Joca somente apareceu na terça-feira: na segunda, fora com dona Gê fazer compras em Angra e passara a tarde arrumando o estoque com seu Elvídeo: mesmo assim, tinha novidades sobre a lancha:
— "Marlim de Prata" vai carregar amanhã.
— Eles carregam toda semana.
— É, carregam gêneros para a tripulação... Mas amanhã a encomenda é maior. O dono vem aí, chega na parte da tarde. Vai ter pescaria pesada.
— Mas que ideia! Pescar durante a semana...
— Carminha, esse povo faz domingo quando quer. Basta cismarem, terça vira sábado, quinta vira feriado...

Por isso, na quarta, tão logo fez seus exercícios e tomou banho, lá estava a moça na varanda: o carregamento sendo feito e o barco próximo à terra, recebendo água potável pela mangueirona.
— Até que estou curiosa para conhecer o dono dessa lancha — admitiu para si mesma.

O comandante, o tal do Estefânio, estava no convés. Homem forte, barba grisalha, de bermuda preta e camiseta branca, um tipo bonito, ela avaliou.

O furgão cinza estacionou em frente e descarregou várias caixas de gelo, passadas para a lancha; mais um tempo e lá veio Joca com seu triciclo trazendo frutas e vegetais. Carminha acompanhava a movimentação como se o barco fosse seu e viu o amigo fazer ainda duas entregas; o furgão voltou uma única vez com outras caixas, só que de papelão.

— Lá vêm as caixas de novo — ela até sorriu do seu comentário, pois sabia que agora as caixas deviam ser de bebidas ou de latarias. — É, estão carregando pra valer.

Lá pelo meio-dia, "Marlim de Prata" voltou para a ponta do "E".

Seu Ambrósio estava no autosserviço.

— "Marlim de Prata" carregadinha, Ambrósio.

— O Dr. Acosta deve chegar entre três e quatro, a *van* já está pronta... Esse carregamento foi dos bons, hem, Elvídeo?

— Graças a Deus... Ele deve vir com convidados, sem dúvida.

Carminha estava retornando para a cadeira de rodas depois do seu descanso após o almoço, quando o barulho do avião invadiu o apartamento.

Apressou-se e conseguiu chegar à varanda com uma assustada Júlia a seu lado, a tempo de ver um segundo voo rasante.

— Que susto, menina!

— É gente chegando, Júlia... Vai ver é o dono da lancha grená. — Ela já conhecia aquele costume da marina, muito comum durante o verão: quem chegava de avião sobrevoava a marina antes de pousar, e um veículo ia buscar os recém-chegados no campo de pouso. Os que vinham de helicóptero desciam ao lado do hotel.

Assumiu sua vigilância e pouco depois a *van* parou na pista, de onde desceram quatro homens; Estefânio estava em pé, no convés da lancha.

— Mas que modo estranho de ir pescar — comentou para si mesma —, todos de terno e carregando pastas executivas... Esse pessoal não relaxa!
Os "pescadores" conversavam entre si. Um parecia estar mostrando o lugar para os demais, e então a moça deduziu que se tratava do dono da lancha; em alguns minutos todos se dirigiram calmamente para o final do deque.
Tudo aquilo continuava estranho para Carminha, vigilante até que a lancha partisse.
— Bem, essa é uma pescaria muito estranha, mas no mínimo o que pode acontecer agora é a saída da "Marlim"...
Passou meia hora até que os "pescadores" surgissem no convés, agora com roupas esportivas; a buzina da lancha soou sinalizando que se lançaria ao mar — e largou devagar, solene, imponente no deslocamento para a barra. O sol ainda dourava a espuma que ficava à sua passagem. Ela dobrou a boca da barra e seguiu rumo ao mar alto.

Joca não faltou, felizmente, e veio com um bolo feito por dona Gê, que foi passado para Júlia logo na entrada.
Os dois?
Só podiam estar na varanda...
— Nunca vi ninguém ir pescar de terno e pasta executiva!
— Pois acabou de ver, não foi? Essa turma é estranha, Carminha. Tem gente que embarca até com computador... E as bagagens? Às vezes tem cara que leva tanta roupa que até parece que vai se mudar pro mar. Tem outros que embarcam só com a roupa do corpo... Não dá pra entender.

— É, nunca me toquei dessas maluquices... — ela acabou por entender.

— O Vicentão, que é Moço de Convés do "Albatroz", o iate de cabeça do "B", contou que teve um passageiro que embarcou com um caixotão de livros e passou cinco dias lendo aquela tralha toda, sem botar os pés no convés. O comandante Bruno fez de tudo, procurou as ilhas mais bonitas daqui e, quando anunciava pro tal cara, ele nem respondia, continuava lá nos livros.

— É incrível, o cara saiu pra ir ler no mar!

— E os que ficam no hotel, mas só vão até a piscina? E tem os que só faltam dormir na praia, até pedem o almoço lá mesmo.

— Isso aqui é um lugar meio maluco, hem, Joca?

— Seu Ambrósio diz que isso aqui é "o pequeno mundo", maravilhoso e louco como "o grande mundo" lá de fora...

E Joca contou mais casos curiosos e divertidos; ele sempre tinha o que contar: o do casal cuja mulher obrigava o marido a botar pouco combustível, para que ele não pudesse ir muito longe; o da outra que fazia o marido levar filhos, sobrinhos, coleguinhas, gatos e cachorros; tinha o homem que punha uma cadeira no deque, enquanto sua mulher saía com o barco sozinha e às vezes só voltava já noite fechada; a viúva que sentava no convés e comandava o único tripulante da lancha usando um tremendo megafone; outro trazia tantos empregados que o iate até parecia transporte coletivo.

E se Júlia não chegasse com o lanche para acompanhar o bolo de dona Gê, Joca teria ficado contando "causos" a noite toda.

— E quando é que a "Marlim de Prata" vai voltar?

— Quem sabe? Segundo os pilotos do avião, deve retornar na manhã de sexta. Eles estão lá no hotel... Só que podem voltar amanhã ou no domingo...

— Mas então é assim?
— Claro, Carminha. O barco é do cara, os convidados são dele, ele faz o que achar que deve fazer.
— É, está certo... Só que eles podiam ser mais organizados para aproveitar mais tudo isso aqui.

Carminha estava cismada com a "Marlim de Prata", apesar de tudo o que Joca dissera. E se lhe perguntassem por quê, não saberia dizer. Estava cismada e ia conferir aquele seu regresso, com certeza.

Dormiu e sonhou com a lancha grená e quatro homens de terno, cada um carregando um enorme peixe, os peixes também de terno, cada qual com uma pasta preta. Tinha pasta que andava sozinha, pasta que falava, pasta cheia de peixinhos...

Quando acordou — e acordou cedo — até olhou pelo quarto para ver se havia algum peixe por ali, mas só viu Júlia na cama ao lado, dormindo como dormem as pessoas boas, uma expressão meiga, um sorriso brincando em seu semblante.

Eram vinte para as seis, o sol sequer nascera; apurou o ouvido, mas o silêncio era total, nenhum barulho de motor de barco.

Tão logo Júlia deu os primeiros sinais de que estava acordando, acendeu seu abajur para acelerar aquele despertar. De certa forma, assustou a pobre Júlia, que foi logo perguntando se estava tudo bem.

— Está tudo bem.

Mas, assim que ela se levantou, pediu que a ajudasse a passar para a cadeira de rodas. Mal se viu ali, foi para a varanda... A lancha não voltara.

— Você cismou mesmo com essa tal lancha, hem, moça! Vamos trocar essa fralda que é mais importante do que ficar xeretando a vida dos outros.

Aquela quinta escorregou devagar, mas Carminha não abandonou seu posto: alguma coisa lhe dizia que precisava estar atenta para o regresso da lancha.

— Não sei o que você perdeu nesse barco, mas, se quer vê-lo chegando, tudo bem, você vai ver — dizia Júlia. E, sempre que falava com dona Regina, fazia questão de relatar tudo o que a moça fazia com relação à sua curiosidade; a "Marlim de Prata" também era assunto nas conversas das duas.

Joca passou pouco antes do almoço e veio com a notícia de que os pilotos do avião tinham ido a Angra, sinal de que não esperavam o regresso da lancha para aquela tarde.

Carminha relaxou, mas fixou-se num ponto: ela voltaria ou naquela noite ou na madrugada de sexta.

— Você cismou com a "Marlim de Prata", não foi?
— É, cismei sim, Joca.
— Vamos ver como posso ajudar.
— Faz isso pra mim!
— Bem, tem a Sala do Rádio...
— Sala do Rádio?
— É, tem um rádio ligado direto lá no Gabinete do Comodoro. Costumam avisar quando qualquer barco se aproxima.
— Mas por que você não disse isso antes?
— E eu estava lá sabendo da sua agonia?
— Então, vamos até lá?
— Calma. Tem tempo.
— O que dá pra fazer?
— Vou dar uma passada lá na Portaria pra levar um recado da mulher do Ozeias; você almoça, descansa um pouco e depois vamos dar um passeio.
— Não posso perder a chegada da lancha, Joca.

— Mas eu não disse que ela não vem hoje? Então, vamos passear. A gente vai lá na dona Anne, a francesa, pode ser até que seu Jean Louis esteja lá. Batemos um papinho, eles são gente fina. Depois, vamos passar pela sala do rádio pra ver se tem alguma novidade sobre a "Marlim". Feito?
— Combinado!
— Fique tranquila que a senhora vai ver a chegada da "sua" lancha. A gente fala com quem estiver de plantão e qualquer novidade, ficamos sabendo.

O apoio do amigo tranquilizou-a.

— Dona Júlia está feliz com esse interesse da Carminha, isso é bom — ia pensando Joca no caminho de sua casa, que ficava antes do hotel, na parte de trás.

Depois de almoçar, deu uma circulada e não descobriu nenhuma dica sobre o regresso da lancha.

Fiel ao combinado, encontrou a amiga e foram dar um grande passeio pela marina, concluído na tal sala do rádio, onde um prestativo Timóteo estava de plantão.

Nenhuma notícia de qualquer barco querendo chegar por ali.

A visita aos franceses tinha sido alegre, encontraram seu Jean Louis e se deliciaram com uns biscoitinhos que Anne fizera, *petits fours*, tentara explicar Carminha.

— Que "petifu", que nada. Aquilo era biscoitinho com doce dentro, Carminha. Não fica complicando o nome... Mas que estavam gostosos, isso estavam.

Naquela noite, quem olhasse a marina pensaria que, ali, tudo era calmaria.

Mas não Carminha.

A jovem tinha certeza de que alguma coisa estava se passando naquela placidez. Disfarçado pela tranquilidade do local, algo acontecia. Ela sentia isso.

Estaria Carminha percebendo alguma coisa estranha mesmo ou seria apenas sua imaginação?

— Alguma novidade? — perguntou Joca a Durval, o motorista de plantão, na hora do café.
— Nenhuma, cara... E parece que este fim de semana vai correr mole.
A sexta amanhecera nublada, vento sul era sinal de chuva, não falhava nunca.
Um dos pilotos entrou no refeitório do pessoal de serviço e foi direto para o local onde os dois se encontravam.
— Bom dia, gente. Oi, Durval. Vamos precisar da *van* para as 11h, pode ser?
— Claro, sem problema. Às 11 no deque?
— Positivo. Mas acho que é melhor adiantar um pouco. Sabe, com esse tempo o "D'Estefani" acaba acelerando, né?
— Bem, encosto lá no "E" às 10h30min, está bom?
— Afirmativo, Durval. De bom tamanho, 10h30min! — e saiu, provavelmente para tomar o seu café no salão do hotel.
Joca terminou com calma, ainda fez um cachorro-quente para ir "beliscando" e também saiu, só que rumo ao bloco 1.

Repetindo a rotina diária. Regina telefonara e a novidade era que eles só iriam no sábado, pois tinham um jantar naquela noite.
— Mas vamos chegar bem cedinho! — garantiu.
Carminha gostou da mudança, que lhe deixaria com aquela sexta para ficar de olho em "sua lancha".
— Filha, está na hora dos exercícios — Júlia trouxe-a de volta à realidade.
— Ah! Hoje eu não vou fazer, não.
— Dona Carmem, dona Carmem...
Providencialmente, a campainha tocou.
— É o Joca! — Carminha acendeu.
Júlia abriu a porta e era ele, aliás, só podia ser.

— Bom dia, bom dia! — e emendou após o cumprimento: — Ela chega às 10h30min!
— Horário garantido, Joca?
— Bem, não pedi para confirmarem... Mas, se atrasar, não passa das 11h. Vou dar um giro e às 10h bato pra cá — e fez a volta lá mesmo da porta, carregando seu gingado pelo corredor.
Eram 8h, de modo que havia tempo de sobra.
— Então a senhora pode ficar tranquila, né, mocinha? Sua lancha vai chegar bem mais tarde.
— É, e por que não estamos fazendo os exercícios? Não posso perder um dia, dona Júlia — e lá veio aquele riso gostoso.

Seu Mascarenhas veio, por entre as mesas, até a dos pilotos.
— Então o Dr. Acosta está de regresso!
— Marcou a chegada para as 11h.
— Infelizmente o tempo virou.
— É, devem estar voltando por conta disso.
— Será que ele fica para almoçar?
— Acho que não, seu Mascarenhas. Me pareceu que ele quer seguir assim que atracar.
— Temos uns badejos de primeira...
— E não provamos ontem no jantar? Estava uma delícia, mas o senhor sabe como é, Dr. Acosta vive cheio de compromissos...
— É uma pena. Mas, se ele resolver provar o badejo, peço que me avisem.

Faltavam quinze minutos para as dez quando Carminha assumiu seu posto na varanda e lá, no ancoradouro, até onde sua vista alcançava, tudo era calmaria.
Às dez e um pouquinho, seu parceiro chegou com uma surpresa.

— Tome! — disse, estendendo-lhe um binóculo. — Assim você vai poder ver melhor.

— Grande ideia, Joca! — E já foi utilizando o presente, passando os olhos pelo ancoradouro.

— É do seu Mascarenhas — ele se antecipou à pergunta provável. — Peguei emprestado e tenho de devolver logo.

Ela ouvia o amigo sem interromper sua inspeção geral, esquadrinhando todos os deques até chegar na boca do ancoradouro.

— Dá pra ver bem demais!

— Mas pra ver sem ser vista, é bom que você chegue pra trás. Fique aqui na sombra — orientou Joca.

A *van* estava encostando naquele exato momento.

A moça lembrou-se de que seu pai também tinha um binóculo muito potente, o qual deveria estar na "Charmosa", e comentou o fato.

— Pode ser que esteja lá, só que trancado num dos armários da cabine — considerou o rapaz.

— Bem, agora temos este aqui. Depois vamos ver se desentocamos o do velho... Quem sabe está guardado aqui no apartamento...

Sua tensão era grande, o que era normal naquela vigilância, mas o interessante é que Joca se contagiara com a sua ansiedade, ainda que apresentasse uma certa naturalidade.

— Olhe! Lá vem ela! — foi ele que anunciou.

A jovem assestou o binóculo na direção da boca da barra e viu a parte superior da embarcação, meio oculta pelo quebra-mar.

— Está entrando! — falou baixinho exatamente quando veio do barco o som de sua buzina, anunciando a chegada.

— Venha um pouco pra trás, Carminha.

"Marlim de Prata" dobrou a barra com elegância e reduziu sua marcha, dando uma volta lenta, dirigindo-se direto para a cabeça do deque "E"; quatro pessoas estavam no convés, os homens de ternos escuros com suas pastas.

— Estou vendo todos eles!

A atracação foi suave e rápida, os homens desceram e um que era barbudo também; um deles lhe dirigiu a palavra, um aperto de mão e lá vieram todos para terra. Durval desceu e abriu as portas da *van*. O grupo foi acompanhado pelo binóculo até embarcar no veículo. O barbudo esperou que seguissem e, quando subiu para a lancha, o furgão cinza chegou.

— Agora eles vão descarregar.

Lá na cabeça do deque, os dois tripulantes passavam umas caixas para o pranchão.

— Estão descendo umas caixas brancas.

— São os recipientes de plástico com os peixes — disse Joca.

Um dos tripulantes veio conduzindo o pranchão, e a moça confirmou que ali estavam os peixes.

— Oito recipientes — conferiu Joca. — A pescaria foi boa... Então, satisfeita minha amiga?

— Ué! É só isso? — decepção total.

— Carminha, eles foram pescar e aí está o que pescaram...

— Não, não pode ser só isso!

— O que é que você estava esperando, minha amiga? Que eles descessem com caixotes de bebidas contrabandeadas?

Ela não sabia o que dizer.

Mas tinha certeza de que havia alguma coisa estranha ali, tinha de haver.

Os outros dois tripulantes, Estefânio e mais um, vinham pelo deque.

— Eles agora vão tomar umas cervejas lá no bar e depois ou almoçam por lá ou vão para a cidade... É o costume depois de uma boa pescaria.
— E o que vão fazer dos peixes?
— Varia... Eles podem ser vendidos pro seu Elvídeo, ou pro seu Jaime... Como podem ser distribuídos pro pessoal que trabalha aqui na marina.
— Então, eles pescam e não levam os peixes?
— Esporte é assim, Carminha. No verão, a gente até enjoa de comer peixe... Bem, "sua lancha" voltou e a pescaria acabou... Está na hora de ir.

Joca pegou o binóculo, colocou-o na mochila e se foi. Carminha estava decepcionada... mas não iria relaxar sua vigilância. Ela era insistente, cismara que havia alguma coisa errada e não iria desistir agora; ficaria de olho na "Marlim de Prata" e em seus tripulantes.

De fato, para Carminha a calmaria da marina não existia: ela se encontrava no agito que precede uma tempestade, nuvens fortes se formavam no céu.

Aparece uma pontinha do fio daquele novelo

Depois do almoço Carminha pediu a Júlia que procurasse o binóculo pelos armários do apartamento, pois seu pai poderia tê-lo guardado ali. Não demorou nem cinco minutos para que ela o descobrisse.
— Maravilha! Pelo menos acertei essa.
— E para que a senhora precisa disso?
— Pra ver se descubro um gatão escondido nesses barcos, dona Júlia! Preciso arranjar uma paquera, ora...

Júlia aceitou a gozação de Carminha numa boa. Regulado o binóculo, varreu o ancoradouro e, de repente, teve uma ideia.

— Júlia! Você ainda demora aí na cozinha?

Lá estavam as duas passeando naquela tarde nublada, quando um ventinho enjoado de frio começou a soprar.

— Você hoje está meio complicada. Uma tarde feiosa e resolve passear por aí.

— Ora, Júlia, deu vontade de ver a lancha de pertinho... Que mal tem isso?

— Mal não tem, os barcos estão aí mesmo e a gente só vai chegar pra ver... Mas precisava ficar dando volta pelos outros barcos? — Júlia não era nenhuma boba.

A jovem não foi direto para o "E": rodou em direção à Pedra do Peixe, voltou quando chegou ao "H", entrou no "F", passando pelo barco dos franceses e foi indo até o final, de onde deu uma boa olhada na "sua lancha", no deque em frente.

— Está vendo? Não tem ninguém lá...

— Disso eu já sabia. Mas quero ver a lancha de pertinho. Que ela é bonita, isso é.

Fizeram o caminho de volta e entraram no "E".

— Não tem uma viva alma por aqui, Carminha. Com esse tempo, quem é bobo de ficar nos barcos, balançando sem parar, num frio medonho?

Seguiram até chegar ao lado da "Marlim de Prata".

— Pronto, está aí o barco, filha. Paradinho como os outros.

O único som vindo era o do rangido das cordas contra a madeira da lancha e o barulho das águas contra o casco, um balançar ritmado, monótono.

— É bonita, não é?

— Eu que não entrava nisso aí, nem a poder de reza braba.

Olhou até se fartar e não viu nada que pudesse lhe interessar — aliás, nem mesmo ela saberia dizer o que estava procurando.

Tinham iniciado o retorno, quando a tripulação da lancha entrou pelo deque.

Embora aquele encontro não significasse nada, sentiu um arrepio correndo pelo seu corpo e arriscou um "boa-tarde" quando cruzaram, que quase não sai da sua boca; o barbudo sorriu e, levando a mão ao quepe, endereçou-lhe uma saudação.

Dobraram para o "D", o coração da moça batendo forte. Na cabeça do deque ela viu que um dos tripulantes sacudia uma roupa de mergulho, provavelmente espantando as gotas d'água que ainda deviam estar ali.

"Roupa de mergulho deve fazer parte dessa pescaria deles", pensou.

Quando voltavam, os três também vinham para a terra e a *van* os esperava.

"Agora vão para a cidade", concluiu.

Às 8h seu amigo chegou e ela foi logo mostrando o binóculo do pai.

— Este é mais poderoso do que o do seu Mascarenhas — avaliou. — Bem, eles tomaram quase uma caixa de cerveja e pediram ao motorista da *van* para irem até a cidade. Ah, e os peixes foram distribuídos entre o pessoal. Satisfeita?

Carminha contou seu passeio com Júlia, falou da roupa de mergulho.

— Como você mesma está vendo, não tem nada de estranho com a "Marlim"...

— É, não tem porque a gente ainda não descobriu o que é.

— Mas você é teimosa, hem? Quer saber de uma coisa? Trouxe um CD, vai ser muito melhor do que ficar pegando vento por aí.

Lá fora o vento tinha apertado.

Carminha se deitara com muito cuidado, colocando a cadeira bem ao lado da cama, de modo que pudesse passar para ela sem acordar Júlia.

— Júlia, se eu precisar ir ao banheiro à noite, não preciso chamar você — explicou, pois Júlia acompanhava suas manobras com atenção.

— Mas, minha filha, eu estou aqui pra isso mesmo! E você não vai ao banheiro...

— Quer ver como eu já estou cobra nisso? — e, com algum esforço, conseguiu passar para a cadeira. — O segredo está em deixar as rodas travadas, para a cadeira ficar bem firme — mudou o assunto para não ter que responder, não tinha o que dizer.

— Mas, se você cair, a culpa vai ser minha.

Custou para convencê-la, mas o argumento final foi poderoso: "Preciso ter a minha independência, Júlia".

Nossa jovem não dormiu de verdade, apenas cochilou, e, lá pelas tantas, pareceu-lhe ouvir o motor de um carro, que logo parou. Na dúvida, passou para a cadeira o mais rápido que lhe foi possível e, com todo o cuidado, seguiu para a varanda. Teve alguma dificuldade para abrir a porta sem fazer barulho; o vento estava mais forte.

Olhou com cuidado e lá embaixo estava o furgão cinza.

E ninguém à vista, nem ali nem no deque. Forçou a visão: havia uma luz na "Marlim", fraca, mas alguém estava lá.

O binóculo!

Olhou ao redor e lá estava ele no sofá.

Pegou-o rapidamente e assestou-se na direção da lancha; mesmo naquela penumbra, dava para ver alguma coisa: surgiram dois vultos, saídos do barco, caminhando devagar e puxando alguma coisa. Era o pranchão! Esperou que se aproximassem e identificou um dos tripulantes, mais pelas roupas; o outro devia ser o motorista da *van*.

Vinham conduzindo o pranchão, que estava carregado, cheio de caixas.

Quando chegaram ao lado do furgão, ficaram protegidos por ele e, embora sua curiosidade fosse enorme, Carminha permaneceu um pouco para trás, para ver sem ser vista, como Joca lhe ensinara.

Deviam estar passando as caixas para o veículo, pois logo em seguida o da tripulação voltou com o pranchão vazio.

— Está aí a pescaria da "Marlim"! — A garota estava superexcitada com sua descoberta, uma vitória comemorada em silêncio e sozinha.

Acompanhou mais duas viagens do tal carrinho e na terceira viu o barulho ali em pé, enquanto o furgão saía devagar, quase sem fazer barulho.

Sua cabeça rodava a mil: o que seriam aquelas caixas? Bebidas ou vídeos? Peças de computador ou televisores? Ou seriam armas?

Apesar do vento frio, sentia um tremendo calor, passou a mão pelo rosto e estava suada.

Ainda ficou um bom tempo cuidando dos acontecimentos lá embaixo e quando achou que aquele espetáculo noturno terminara, fechou a porta e foi até o banheiro lavar o rosto. Deixou-se ficar na sala escura ainda por alguns minutos, e somente ao sentir-se tranquila voltou para seu quarto, tão silenciosamente quanto o fizera ao levantar-se.

Júlia continuava dormindo seu bom sono.

Carminha ainda demorou a dormir, às voltas com muitos pensamentos. Quando foi vencida pelo sono, sonhou que descobrira um enorme contrabando... Mas esse era de conchinhas, caixas e mais caixas cheias de conchinhas... E o barbudão ria sem parar, jogando conchinhas para o alto.

O sábado veio com uma chuvinha fina, vento sul agora cortante, ainda que sereno.

— Com esse tempo ruim, vamos ver se ela topa irmos almoçar em Angra ou Parati! — comentou Marco Aurélio.

— Seria maravilhoso! — exclamou Regina.

E não deu outra, Carminha topou. Topou e foi mais além:

— Hoje vamos a Angra e amanhã a Parati!

Carlos e Celso perderam aquilo. Eles passearam, compraram jornais e revistas, almoçaram bem tarde e voltaram no finalzinho do dia, um grupo alegre que não se importava com aquele tempo horrível — para eles, fazia um sol lindíssimo!

No domingo, foram cedinho a Parati e só voltaram na hora de ir embora.

A noite Joca se fez presente e, mantendo o seu estilo, veio com outro CD. Por falta de fundo musical é que o papo não deixaria de rolar.

Carminha valorizou o anúncio da sua descoberta e só começou a contar depois que se sentaram na varanda — sabia que havia descoberto alguma coisa, daí a "solenidade" do momento.

E Joca foi um ouvinte atento, acompanhando cada detalhe narrado pela amiga como se ele próprio estivesse vendo a coisa.

— Ontem, eles ficaram por aqui; e hoje, o Estefânio saiu com um dos tripulantes, foram a Angra, mas já voltaram.

Agora, o furgão cinza à noite, isso é novidade pra mim... E você disse que ele saiu só com o motorista, não foi?

— Foi. O barbudo ficou e o motorista seguiu só. Tudo igualzinho ao outro dia, lembra? Ele também saiu sozinho levando umas caixas, contei a você.

— Claro que me lembro. Então esse furgão está metido no rolo. E quem sabe o vigia noturno também... Isso vai ser mais difícil descobrir, mas posso verificar se a portaria está nessa confusão. Isso até que é fácil, só que tenho de ir ver amanhã bem cedo.

— Será que você poderia descobrir mais alguma coisa, Joca?

— Vou fuçar por aí, Carminha. E quer saber de uma coisa? Vou começar agora mesmo!

— Vai devagar. Se tiver alguma coisa errada, como acho que tem, a gente precisa ter cuidado.

— E você me acha bobo? Desculpe não ter levado fé nas suas desconfianças, mas é que nunca se falou disso por aqui. Pra mim estava tudo certinho. Tem essas coisas estranhas, mas sempre achei que não passavam de "coisas de ricos"...

— Muitas vezes a gente não percebe uma coisa que está bem debaixo do nosso nariz e aí vem uma pessoa de fora que descobre tudo — tentava confortar o amigo. — Sabe o que é que me deixa supergrilada? É a gente olhar pra uma situação sem pensar nas razões daquilo estar acontecendo. Tudo sempre tem um motivo. Esse negócio de "aconteceu por acaso", "é assim mesmo", não me satisfaz. Tudo tem sempre um motivo, uma explicação.

O sol espantou as nuvens, e Carmem e Júlia deram um longo passeio, indo até a Pedra do Peixe; Carminha estava muito bem e não economizou seus "bons-dias" para com quem cruzou. Conversaram sobre as plantas, falaram dos pássaros e se deliciaram com a vista do mar, cortado por um ou outro barco, tudo correndo com calma, nada de pressa por ali.

Retornaram para o bloco 1, quando viram uma senhora com três cachorrinhos, uma figura incrível, que mais parecia saída de um desenho animado, cheia de joias, uma canga horrorosamente supercolorida, um par de óculos dos mais estranhos e um chapelão de palha.

A "perua" — aquela era "superperua" — falava com seus bichinhos, agitadérrimos, e, ao entrar no "G", um deles se soltou e caiu n'água.

O berreiro foi medonho, a mulher tinha um senhor pulmão.

Joca, que ia saindo do bloco 2, veio depressa e pulou na água para salvá-lo.

Não que o cãozinho corresse perigo, mas para silenciar aquela gritaria.

Colocou o danadinho na borda e, antes que conseguisse subir, a "perua" passou a mão na coleira do encharcado bichinho e se foi, sem um obrigado que fosse.

— Coitadinho — comentou ele com Carminha, que chegava —, ele deve ter tentado se suicidar e eu o devolvi pra sua bruxa...

— E ela nem agradeceu. — A moça estava indignada e nem percebeu a piada do amigo.

— Tem muita gente assim, Carminha... Seus cachorrinhos valem mais do que uma pessoa.

Como Joca estivesse ensopado, ele e a jovem ficaram no banco defronte ao bloco 1 para secar ao sol e Júlia subiu.

— E então? — ela estava supercuriosa.

— Bem, cisquei por aí. O furgão passou pela portaria direitinho, veio trazer uma peça pra lancha.

— Mas numa madrugada de segunda? E não vi peça nenhuma!

— É, esse pessoal tem uns horários estranhos, eles poderiam querer sair hoje cedo, aí pifou uma coisa por lá, eles pediram a peça, ela chegou e, depois de tudo pronto, resolveram não sair. Bem, descobri mais coisas: a "Marlim de Prata" está baseada no Iate Clube de Caraguatatuba, em São Paulo, e pediu permissão pra Pedra do Peixe, "licença provisória", como eles dizem, tudo certinho.

— Como você soube disso?

— Ué! Olhando no livrão da marina, lá na sala do Comodoro. Tomei até nota do nome do dono pra não esquecer. — E pegou com cuidado um papel no bolso, tão molhado quanto ele. — É um tal de... Giovani Campani Acosta... Nominho danado!

— É italiano.

— Seu Acosta é importador-exportador e mora em São Paulo.

Carminha pegou aquele papel, também com muito cuidado, e esticou-o no banco para secar.

— Bem, você descobriu de quem é a "Marlim" — disse para Joca, ainda que não soubesse a utilidade daquela informação.

— Está tudo no livrão da marina. A sala do seu Ambrósio está sempre aberta. Só foi preciso ter cuidado pra chegar lá, pois, se ele me encontrasse ali, iria querer que eu dissesse pra que queria saber dessas coisas. E aí, o que eu iria dizer? Que cismamos com a "Marlim"?

— Bem, vamos ver o que já descobrimos — a jovem queria mudar de assunto, uma vez que não sabia dizer nada sobre o que Joca estava falando e partiu para organizar o que haviam descoberto, pretendendo ver se assim encontravam uma pista naquele novelo superemaranhado.

E enumerou:

Fato 1: "Marlim de Prata" sai à noite e logo depois da barra apaga as luzes.
Fato 2: Não costuma trazer peixes, mas sim caixas.
Fato 3: Os pescadores vieram pescar de terno e pasta executiva.
Fato 4: O furgão não trouxe nenhuma peça para a lancha.
Fato 5: As caixas da última viagem foram retiradas à noite, às escondidas.

— E agora temos o nome do proprietário, que é importador-exportador, sabemos que está baseada em Caraguatatuba com a licença provisória para Pedra do Peixe.

Os dois se entreolharam, como que perguntando um ao outro: "E daí?".

A verdade é que ambos não tinham a menor ideia sobre o que fazer com aquelas informações.

— O tal Acosta vem sempre? — Carminha perguntou, talvez só para dizer algo.

— Não, ele só vem de vez em quando, de mês em mês, sei lá. Não tem data certa.

A moça sabia que não aguentaria esperar mais um mês para ver o dono da "Marlim" novamente.

Por outro lado, estava perdida, sentia-se na mais completa escuridão, desorientada quanto ao que fazer.

Pelo menos, naquela hora, não tinha a menor ideia.

À tarde, depois daquela conversa com Joca, Carminha desceu para dar um giro, deixando Júlia envolvida com as coisas do apartamento.

Nenhum plano, nenhuma ideia, apenas descera e, rodando junto aos deques, acabara diante do hotel e, sem motivo especial, foi até o canto da entrada, onde estavam os jornais e revistas.

"A fé que cura!"

Foi olhar as prateleiras e aquela frase surgiu destacada, como se estivesse ali à sua espreita e, naquele momento, tivesse saltado sobre ela.

Era a capa de uma revista semanal, letras azuis-escuras sobre um fundo azul-claro.

Por um tempo a moça ficou ali, olhos fixos naquela frase, escutando apenas o "tum-tum-tum" do seu coração que reboava em sua cabeça muito nitidamente, um tambor bem cadenciado.

Comprou a revista e retornou na direção do bloco 1, pensamentos mil voando para cá e para lá.

— A vida é gozada, é cada susto que a gente toma...
— falava para si mesma.

Parou no banco de sempre, respirou fundo e começou a ler a revista.

Carminha leu e releu tudo.

Sua excitação inicial foi cedendo espaço para uma reflexão cada vez maior e mais profunda: lia, detinha-se num trecho, pensava no seu caso, avaliava suas reações, imaginava-se num exercício, "sentia" seus músculos se contraindo, despertando de um grande sono...

Carminha não sabia quanto tempo durou aquele estranho momento, mas se deu conta de que chorara enquanto experimentava a sensação de haver tido um sonho.

— Preciso conversar com os velhos — foi sua primeira decisão. — Mas tenho de pensar um pouco mais sobre tudo isso.

E embicou sua cadeira para a Pedra do Peixe, a revista firme no encosto lateral. Precisava pensar muito e nada melhor do que seu "cantinho mágico".

Suas reflexões lá na Pedra do Peixe foram sedimentadas depois, no aconchego da sua varanda: aguardaria o final de semana para conversar com seus pais, o que até lhe daria a chance de refletir mais; entendia que tinha muito para fazer em seu benefício, começando por conversar com Dr. Iram sobre uma fisioterapia mais intensiva. E também decidiu que não contaria ainda nada para o amigo.

Bem, enquanto esperava, o que podia fazer de prático era se dedicar um pouco mais aos seus atuais exercícios, os quais vinha fazendo mais para satisfazer os pais do que por acreditar que valessem alguma coisa.

Aqueles três dias não iriam alterar nada, exceto que suaria um pouco mais para seu próprio bem.

— Meu Deus, não tenho por que ficar de mal com a vida! — E esse pensamento já foi surtindo efeito desde o primeiro momento.

Acordou no dia seguinte com um ânimo diferente, sentiu-se mais positiva e deixou seu bom humor se manifestar.

De volta à varanda, seu segundo compromisso do dia, falou consigo mesma:

— Bem, é hora de voltarmos à "Marlim de Prata".

Tinha certeza de que estavam descobrindo alguma coisa, contrabando provavelmente. Mas faltavam detalhes para poder afirmar aquilo. E, por outro lado, não sabia o que fazer com as informações que ela e Joca haviam reunido: tinham diversos indícios de algo diferente, mas muito pouco para comprometer o pessoal da lancha.

Depois de algum tempo, sem nenhum avanço nas suas análises, foi dar uma olhada nos jornais e, quando chegou nas notícias policiais, teve um "estalo": poderia valer-se do "disque-denúncia", uma ligação para o 190 e ver no que dava... Porém, precisava conversar primeiro com seu parceiro, Joca.

Aproveitou para atualizar suas anotações daquela "investigação" e listou os pontos que ela e Joca haviam considerado importantes e mais outros detalhes que julgou tivessem algum significado.

Percebeu que não tinha a placa do furgão nem o prefixo do avião — era importante conferir se seriam sempre os mesmos.

— É, raciocínio melhor quando ponho as coisas no papel, preto no branco.

Joca, por sua vez, também se lançara em campo, igualmente insatisfeito pelo fato da sua desconfiança não estar escorada por evidências mais apropriadas.

E, fala daqui, especula dali, descobriu algumas coisas:
1) só Estefânio falava com o pessoal da marina, seus companheiros ficavam de boca calada, mudos, com certeza estrangeiros, mas ninguém sabia de onde;
2) o furgão cinza pertencia a uma empresa que vendia peças para barcos e dava assistência mecânica aos motores navais;
3) a tal empresa fora inaugurada há pouco tempo e pertencia a um italiano, dificilmente encontrado na loja da firma.

O rapaz começou a perceber que, de fato, o que haviam levantado sobre a "Marlim de Prata", embora estranho, ainda assim era muito pouco.

— Será que peguei a desconfiança da Carminha? — perguntou-se.

Terminada a sua tarefa de escrever sobre a "Marlim", Carminha passou a ler revistas, e uma reportagem sobre o narcotráfico prendeu sua atenção; releu-a, para entender melhor: no texto vinham escritas as rotas que passavam pelo Brasil, mas sem referências à utilização de barcos pequenos naquela sinistra tarefa... Permanecia na estaca zero.

Foi quando Joca chegou e os dois se aboletaram na varanda, onde ele passou para a amiga as informações que conseguira; na sua vez, ela perguntou sobre a placa do furgão e o prefixo do avião.

— Sempre ouvi dizer que o avião era do seu Acosta; pelo menos, os pilotos são sempre os mesmos. Mas vai ser fácil saber o prefixo; a placa do furgão está anotada lá na portaria, é só levar um papo que descolo a danada.

Foi a hora de Carminha revelar o que estava pensando: não acreditava que a "Marlim de Prata" estivesse sendo usada em contrabando de vídeos, computadores ou coisa do gênero; se existisse, de fato, algo ilegal, eles estavam operando com muita sofisticação.

— Eles podem estar fazendo contrabando de armas e, sendo assim, como o volume é pequeno, só vai compensar se forem armas muito especiais. — Carminha estava pensando nas várias coisas ilegais que foram publicadas na reportagem que lera. — Só que pode ser tráfico de entorpecentes, coisa pesada — ela completou.

— Bem, mas aí pelo que você viu, seria muita droga, não?

Ela concordou com o rapaz e só então falou sobre a possibilidade de usarem o 190.

— A gente faz a denúncia, fala na "Marlim de Prata", passa o nome do Acosta e deixa a polícia se virar — completou sua proposição.

— Pô, e se o cara for inocente — Joca achava que o 190 seria muito violento.

— Bem, então a gente só fala de contrabando pelo mar, sem detalhes — cedeu a moça.

— É, assim fica melhor — concordou o rapaz.

Já que estavam de acordo, ela não quis perder tempo.

— Vamos procurar um orelhão! — e virando-se para a cozinha, disse para Júlia que iam dar uma volta lá embaixo.
Foram na direção do hotel, margeando os deques e chegaram no orelhão ao lado do autosserviço.
Ninguém por perto.
Carminha pegou o fone e Joca discou 1-9-0.
Ambos estavam tensos.
— Alô! Olha, estão fazendo contrabando... Pode ser de entorpecentes... A base é uma marina... Não sei o nome... Tem uma lancha que sai e volta de madrugada... Descarregam num furgão cinza... Ele é de Angra — e desligou, não conseguindo falar mais nada.
Afastaram-se rapidamente, em silêncio. Ambos estavam assustados e só pararam no banco costumeiro, sob a varanda.
— E aí?
— Foi uma mulher que atendeu. Falei direito?
—Você falou bem.
— Ela disse umas coisas, mas falei o que tinha pra falar. Se parasse pra entender o que ela estava perguntando, ia me enrolar...
— E agora? — Joca queria uma orientação.
— Agora é com a polícia... Vamos ficar de olho na "Marlim". E você descobre a placa do furgão e o prefixo do avião!
— Até amanhã descubro isso tudo. Vou ver se descolo o nome da empresa em Angra. — A conversa morreu ali, a emoção fora enorme, não tinham mais sobre o que falar.
Descobrir a ponta do novelo às vezes complica mais do que explica.
Pior ainda para quem, como Carminha, estava com dois novelos para desfiar.

Mais ingredientes para aquele incrível bolo

Na portaria foi fácil levar o Pereira na conversa. Joca começou com um despretensioso "como é que você controla quem entra e quem sai?", depois de uma conversa comprida, encerrada com "um dia eu gostaria de trabalhar aqui".

— Anoto tudo aqui! — E Pereira mostrou um mapa de controle de veículos.

Com o máximo de naturalidade que conseguiu, Joca foi virando as folhas, deixando passar o furgão algumas vezes, mas "fotografando" a placa anotada, que era sempre a mesma, até que deu com a tal entrada na madrugada de segunda: MTB 6918 foi a placa que decorou.

Conversou mais um pouco, sempre repetindo a placa mentalmente, e saiu rumo ao campo de pouso. Tão logo se viu a salvo dos possíveis olhares do Pereira, tirou um papel do bolso e anotou o número.

No campo de pouso a conversa foi outra: apostara com um hóspede que o avião que estivera ali na sexta-feira era um teco-teco, bimotor e ele insistia que fora um jatinho.

— E aí, seu Heitor! Ganhei?

— Ganhou, Joca. — E sem pestanejar, acrescentou: — Foi um Cesna, bimotor, PT-FCJ, o avião do seu Acosta, comandante Barros.

— Espera aí, deixa eu anotar tudo — e lá veio o mesmo papel, onde registrou as informações.

— Apostou o quê, Joca?

— Um lanche, seu Heitor. Que vou detonar daqui a pouco. Bem, obrigado pela dica.
E lá se foi, gingando feliz da vida.
— Esses jovens... Andar tanto por um sanduíche! — resmungou seu Heitor.

Joca teve de tomar algumas providências ao chegar no bar, de modo que só conseguiu se libertar na parte da tarde, quando foi ao encontro da amiga.
— E então, Joca?
— Firme como boia!
— Vamos pra varanda.
Carminha acionou a cadeira de rodas e, ao passar pelo sofá, pegou sua agenda para anotar as últimas.
Pegando o papel, Joca leu o que descobrira.
— Olha, não estou levando fé no 190, sabe?
— Calma, nós ligamos ontem — ponderou o rapaz.
Carminha explicou seus motivos: a mulher que a atendera podia não ter acreditado na sua história; lembrou que não dissera nada de importante e que por ali existiam inúmeras marinas, com incontáveis lanchas indo e vindo.
Depois desse arrazoado, expôs um novo plano: uma carta anônima para a Polícia Federal e outra para a Delegacia de Polícia de Angra.
Na matéria que lera havia o nome do policial responsável pelas investigações sobre o narcotráfico no Rio de Janeiro: Agente Emanuel Rodrigues.
— E o de Angra a gente descobre pelo telefone — simplificou ela, dando uma olhada em seus registros.
— Como é que o Correio funciona aqui?

Joca explicou que toda tarde uma *kombi* trazia a correspondência, e o próprio carteiro abria a caixa de coleta de cartas para levar o que houvesse ali.

— Então ele não lê para quem vão as cartas? — o anonimato interessava à jovem.

— Bem, nunca vi; ele pega o que tem e põe na bolsa direto.

— Essa *kombi* deve atender a muitas marinas como a nossa... — Carminha analisava o processo — e, assim, as cartas acabam se embaralhando e ninguém vai poder identificar de onde saiu essa ou aquela, exceto pelo nome do remetente e, é lógico, pelo endereço que for colocado ali. Vamos precisar de envelopes e selos — a decisão estava tomada. — Dá pra arrumar?

— Lá na butique do hotel tem.

— Pois vamos comprar quatro envelopes e quatro selos de 1º porte. — Seria apenas uma folhinha de papel e Júlia foi até seu quarto, voltando com o dinheiro.

Quando Joca voltou da butique, ela já escrevera o texto, bem curtinho:
"Contrabando de drogas.
Lancha grená com faixa prateada navega à noite.
Furgão cinza placa MTB 6918 leva a carga para Angra.
Avião suspeito: Cesna PT-FCJ.
Último carregamento: 15 de março, 6ª feira/sábado, de madrugada".

— É, as dicas estão aí... Mas, e se o cara for inocente?

— Joca, eles podem até não ser traficantes, mas que essas pescarias de caixas são estranhas, são.

— Mas, entre ser estranho e ser criminoso, tem uma diferença enorme, você não acha?

— Joca, a polícia também não é tão idiota pra sair de cacete por conta de uma carta anônima! Se eles não encontrarem nada, tudo bem, bobeira nossa... Mas se o que desconfiamos fizer algum sentido pra Polícia, a Federal ou a daqui, fizemos a nossa parte.

O rapaz concordou com aquele raciocínio da amiga.

— Se a gente pudesse datilografar os envelopes, a coisa ficaria melhor.

— Bem, isso eu posso fazer. Seu Jaime tem uma máquina de escrever.

Bastou aquilo. Carminha escreveu os dois endereços em uma folha da agenda.

— Vou escrever as cartas em letra de forma enquanto você cuida dos envelopes. Amanhã colocaremos as cartas na caixa de coleta.

— Assim fico com mais tempo pra preparar os envelopes.

Júlia saiu do banho e viu os dois na varanda, calados.

— Então, vocês dois continuam aí, "chocando" a lancha?

— Fazer o quê, dona Júlia? Hoje vim sem CD, só dá mesmo é para ficar de olho na lancha.

— Eu, hem? Vocês não sabem fazer outra coisa senão olhar pra essa tranqueira... — e foi para a cozinha.

— E deixa eu escrever o remetente: Policarpo de Assunção é o nome e, como endereço, você escolhe uma marina bem longe daqui. — Para evitar desconfianças quanto ao envelope, a jovem inventara aquilo.

No final da manhã seguinte, lá estava Joca, envelopes em punho.

— Muito bem, vai começar a reunião dos "vigilantes da lancha"! — anunciou Júlia.

O riso foi geral e ela ficou lá com seu almoço sem desconfiar que os dois estavam preparando as tais cartas.

— Vou colocar na caixa agora e por volta das três passo por aqui; a *kombi* vem às quatro, um pouco antes, um pouco depois.

Eram 16h05min quando a *kombi* do Correio estacionou na rampa de entrada do hotel e Joca foi receber a correspondência, o que fazia quando estava por ali; entabulou um papo qualquer com o carteiro. Não havia muita coisa; jornais, poucos envelopes, folhetos de propaganda. Tudo foi passado às suas mãos e, ato contínuo, a caixa de coleta foi aberta, e o que estava ali foi transferido para a bolsa do carteiro.

A *kombi* seguiu, e o rapaz foi entregar a correspondência na recepção do hotel.

Carminha estava com seu tempo todo tomado; durante a sua série de massagens e exercícios, desligava-se do mundo e firmava seu pensamento na sua recuperação, chegava a se ver movimentando as pernas.

Passado aquilo, suas atenções continuavam centradas na "Marlim de Prata".

Naquela noite seu plantão na varanda foi brindado com a saída da lancha, a qual se fez ao mar como das outras vezes: indo devagar e luzes apagadas após a virada da barra.

Carminha acompanhou a manobra, sem binóculo.

— Naveguem, naveguem bastante e tragam todas as caixas do mundo...

Não conseguia deixar de pensar nas cartas e, para ela, a de Angra chegaria no dia seguinte e a da Polícia Federal na segunda-feira.

Nesse meio tempo Marco Aurélio e Regina encontraram-se com o Dr. Vasconcelos. O homem era fabuloso; calmo, gentil, explicava as coisas em linguagem simples, de modo didático e objetivo. Estiveram com ele por mais de uma hora, e o casal ficou muito esperançoso: havia uma possibilidade de Carminha melhorar o seu quadro, não que fosse voltar ao que era, mas poderia recuperar alguns movimentos.

— A lesão da medula paralisa a quase totalidade dos nervos que acionam os músculos e, no caso de sua filha, os músculos afetados foram os do peito para baixo — dissera o especialista. — Mas sempre escapam alguns nervos, logo, outros músculos, e o fisioterapeuta poderá identificá-los e trabalhar sobre eles no sentido inverso, quer dizer, pelos músculos ele despertará tais nervos. Os resultados podem ser surpreendentes. Apenas há que destacar que essa recuperação fantástica vai depender fundamentalmente da determinação da moça.

— Essa vai ser a nossa "Cruzada", a nossa grande missão — disse um Marco Aurélio determinado.

— Se Carminha estiver disposta, temos tudo pra ter sucesso — concluiu Regina.

— Vamos ter movimento no fim de semana — comentou Joca.

— Alguma novidade?

— É que vai ser feriado na segunda.

— É mesmo! E eu nem me lembrei!

— Dois comigo, pode crer. Essa zorra ocupou minha cabeça, e se dona Gê não fala, ia pisar na bola. Vou pra Angra fazer compras. Quer alguma coisa da cidade?

Não, ela não queria nada, nem Júlia. Sendo feriado, sua mãe viria com um reforço geral.

Anotou que a carta do Rio só chegaria, portanto, na terça-feira.

Seus pais vieram na sexta, como sempre trazendo coisas para o apartamento. Foram para a varanda, o dia estava agradável. Carminha aprendera algumas coisas com seu pai e, dentre elas, "saber esperar a hora certa" era uma. Tivera ímpetos de telefonar-lhes naqueles três dias, mas a decisão de não fazê-lo naqueles momentos de mais impulso do que razão dera-lhe o tempo necessário para refletir, para traçar o seu plano de ação de modo bem objetivo.

— Gente, li sobre uma coisa fantástica — palavras que colheram seus pais com impacto, tanto que eles se entreolharam por conta do choque. — Saiu numa revista...
Regina e Marco Aurélio em alerta máximo, adrenalina aos baldes.

— Os médicos estão descobrindo coisas fantásticas sobre o cérebro humano e acho que tenho muito o que fazer pra dar uma reforçada no meu caso. Acho que vocês souberam, o tempo todo, que eu não estava fazendo o melhor durante os exercícios de fisioterapia — uma pausa para manter-se calma e segura. — Tenho que agradecer-lhes por terem compreendido e aturado meu mau humor... Como é bom saber que vocês me amam tanto que aceitaram minhas besteiras numa boa...

E ela foi fundo: repetiu tudo o que lera — e decorara —, aplicando o que pôde ao seu caso. Reconheceu seu isolamento de tudo e de todos. Comentou que ali em Pedra do Peixe tivera tempo para pensar na situação, e se sentira mais calma; e fechou com a parte principal:

— Existe a chance de eu mesma ajudar na minha recuperação. Acho que não vai dar pra ser como era, mas acredito que posso ficar bem melhor do que estou, pelo menos não tão dependente dos outros.

Fez uma pausa, deu uma olhada para o mar, olhou para suas pernas, olhou para seus pais, olhos nos olhos e disparou:

— Só eu posso querer melhorar... E eu quero! E vou melhorar! E melhorar muito!

Depois de uma pausa, a jovem anunciou outra decisão que havia tomado:

— Ainda não quero sair daqui.

Surpresa geral, mas seus pais não disseram nada, a hora era de ouvir a moça.

— Essa "parada" vai demorar, não é um truque de mágica — Carminha tivera tempo de articular bem seu raciocínio. — Acho que é como no aquecimento antes do jogo: a gente começa pelos exercícios mais simples pra ir soltando a musculatura e depois força a barra pra entrar na quadra bem esperta.

Aquilo era lógico, fazia sentido. Ou, pelo menos, parecia fazer.

— Quero conversar com Dr. Iram pra ver o que ele pensa — prosseguiu. — A gente pede pro Maguinho vir aqui e ver se dá pra começar a nova série utilizando a piscina ou mesmo o mar — todos haviam lido em reportagens a importância da hidroginástica na fisioterapia. — Eu fiz muito pouco de hidro, fiquei só nas massagens e no aparelho. Faço a primeira série aqui e quando estiver bem, aí volto pra casa pra encarar um programa mais intensivo, com aparelhos mais complicados.

Marco Aurélio, que acordara eufórico, anunciou à mesa do café:

— Desta vez você não vai escapar, princesa! Vamos dar uma voltinha na "Charmosa"!

— Voltinha nada, pai. Vamos até uma dessas ilhas da enseada! Vou botar meu biquíni!

A comemoração foi geral e até Júlia veio abraçar sua menina.

— Se não fosse o "medão" que tenho, até arriscava ir nesse passeio! Seus irmãos foram dar uma checada na lancha, aquele passeio tinha de ser perfeito.

Os rapazes foram abastecer o barco, e Marco Aurélio se encarregou de transportar o lanche.

Só faltou uma banda de música para acompanhar "a marcha" do embarque de Carminha pelo "F" até a "Charmosa".

Foi um dia maravilhoso!

Regressaram lá pelas cinco para uma marina agora movimentada, com vários barcos chegando. Nas calçadas, pessoas coloriam o cenário, passeando.

Júlia estivera debruçada na varanda um tempão, esperando a volta da lancha, mas só se deu conta do retorno da família quando Carminha deixou o deque e se postou ali no chuveirão, sua cadeira motorizada chamando a atenção de quem passava e ela alegre, cheia de vida.

Estavam seguindo para a piscina quando Carminha viu Joca saindo do bar no seu triciclo, direto ao deque bem em frente.

— Vou dar um alô pro Joca — explicou Carminha, manobrando sua cadeira naquela direção.

— Vamos lá! — disseram juntos seus irmãos.

— Celso! — entrou rápido Marco Aurélio. — Por favor, filho, pegue lá no porta-luvas do carro um livreto de capa azul — e esticando-lhe as chaves do carro, fez um sinal para que Carlos deixasse a irmã seguir sozinha.

E assim que ela se afastou, explicou aos dois: "Esse momento é dela, filhos. Ela vai contar pro Joca suas novidades".

Quando Joca regressou de sua entrega, Carminha o esperava na saída do deque.
— Oi, Joca!
— Dando sua voltinha?
— Joca, meu amigo, vou enfrentar uma barra pesada!
— Vai encarar o Estefânio lá na "Marlim"?
— Pior, Joca. Muito pior. Vou lutar comigo mesma!
— Ei! Que piração é essa? — estava difícil para Joca entender este início.

E Carminha contou-lhe as novidades, desde a matéria na revista até a decisão sobre seus novos exercícios.
— ... Sei que não vou voltar ao que era, não vai dar pra jogar vôlei... Mas sinto que poderei melhorar alguma coisa, quem sabe sair desta cadeira com mais facilidade, sentar numa cadeira normal pra almoçar...
— Você vai conseguir, sim! — seu apoio foi direto. — Não vai ser mole, mas você tem cabeça feita, sabe o que quer.
— Li com muito cuidado essas coisas todas, pensei muito em você, cara!
— Em mim?! Amiga, eu não tenho jeito, vou ser assim a vida toda!
— Joca, você anda! Você faz tudo o que os outros fazem. Anda de triciclo, nada, sobe escadas. Você venceu os limites que a natureza lhe impôs!
— Bem, eu não ando bem, meu gingado não deve ser bonito, mas meu balanço quebra o galho, né?
— Pois então! E se eu sair por aí e topar com uma escada ou um meio-fio? E se o motorzinho da cadeira pifar?
— E pra que que eu estou aqui?
— Mas é isso aí, amigo! Só que não vou poder ter alguém comigo o tempo todo, sacou? — ela sabia ir direto ao ponto. — Já imaginou ficar dependendo de alguém o tempo todo pelo resto da vida? Seu balanço é

seu, Joca. Com ele você vai aonde quiser, não precisa de uma babá permanente.

— Você vai conseguir, Carminha! — o rapaz entenderá o problema da moça.

Na segunda-feira, graças ao feriado, Carminha foi passear com seus pais e rodou pelo "F", encontrando-se com Anne. Apresentou seus pais, e Jean Louis também chegou. Marco Aurélio teve chance de praticar seu francês, e depois todos entraram no "Libertè" para uma taça de vinho, "un vin d'honneur", como dizem os franceses.

Como os rapazes haviam desaparecido, Marco Aurélio deixou um bilhete na porta do apartamento e carregaram Júlia para almoçar com eles numa churrascaria na estrada.

Todos se reencontraram no final da tarde, os irmãos refestelados no famoso banco sob a varanda, discretamente de olho no chuveirão do "E".

— Não sei que graça esses dois acham de ficar aí, vendo o povo tomar banho!

— Vem cá, Júlia. Senta aqui que vamos arrumar um maridão pra você! — foi a bem-humorada reação de Carlos, puxando-a para seu lado.

— Esconjuro, menino! Marido bom só conheço seu Marco Aurélio, que já tem dona!

Em meio àquela alegria toda, Carminha disfarçadamente procurou ver se a "Marlim de Prata" estava lá na cabeça do deque.

Apesar da conversa franca com seus pais, Carminha nada disse sobre suas suspeitas, investigações e providências a respeito da lancha: não queria preocupá-los nem fazer papel de boba.

Estava convencida de que descobriria alguma coisa e, aí sim, com provas concretas na mão, contaria para os dois o que viesse a levantar.

Quando eles se preparavam para o regresso, reafirmou-lhes sua disposição:

— O Joca costuma dizer que está firme como boia... É engraçado, a boia balança, parece que está ao sabor das águas, mas é coisa firme, que não sai do lugar... Balança, sobe e desce com as ondas, mas permanece ali no seu lugar, é uma referência certa. Pois eu também vou ser firme como uma boia... Vou balançar como vier a ser necessário, vou ter dias bons, vou engolir dias difíceis, mas vou enfrentar essa fisioterapia de peito aberto, com toda a energia que tiver dentro de mim. E vai dar certo!

Segurou a mão dos pais, como que selando um compromisso.

E, depois disso, desceu com eles até o estacionamento, sempre acompanhada por Júlia.

Novamente de volta à varanda, lá estava a "Marlim de Prata"!

O destino continuava misturando os ingredientes daquele grande bolo: uma pitada de coisa estranha aqui, meia colher de informações ali, duas medidas de curiosidade, algumas caixas de papelão, pescadores de terno a gosto...

E depois do 190, duas cartas anônimas.

Mas um pontinho de luz na escuridão da desesperança...

A marina voltava à calma naquele final de feriado e o "batalhão do lixo" entrou em campo pontualmente às 18h.

Joca apareceu, banho tomado, fisionomia cansada e com novidades.

— Descobri um servicinho: seu Borges me deu o barco dele pra envernizar — e explicou o trabalho que faria.

— São cem pratas, e vou ficar de olho na "Marlim": o iate dele atraca quase na ponta do "G". Só falta marcar a data.

Estava exausto, pois trabalhara bastante; mas, como

sempre, falou pelos cotovelos, e as duas ouvintes se divertiram com suas narrações.

Lá pelas tantas, Júlia foi dar um jeito na cozinha e ele não perdeu tempo:

— Conta aí, amiga. Como é que vai ser esse rolo seu?

E a moça repetiu, agora com calma, tudo o que se passara, desde a leitura daquela matéria.

Ouvinte atento, Joca imaginava cada frase que sua amiga dizia: viu os exercícios, acompanhou cada gota de suor que corria de sua testa, se entusiasmou com as palmas que batia para o esforço da garota.

— ... E na quarta-feira Maguinho vem aqui pra dizer como é que vai ser. Só está faltando uma coisa...

— Ué! Estamos aí, Carminha!

— Falta uma cartinha pra Capitania dos Portos, cara.

Por essa Joca não esperava: estava superligado na tal daquela fisioterapia e sua amiga pulava de volta pra "Marlim de Prata".

Mas ali mesmo combinaram o que fariam no dia seguinte.

Só que naquela terça a vida continuou rolando sem levar em conta os fatos que preocupavam Carminha quanto à sua nova fisioterapia.

Bem cedo um avião sobrevoara a marina, mas já haviam passado três horas e não aparecera ninguém. Carminha resolveu ir tomar seu banho.

Mas foi entrar no quarto para se preparar, que Júlia a chamou.

— O que foi? — perguntou saindo do quarto.

— Tem passageiros pra sua lancha!

Viu duas pessoas caminhando no deque em direção à lancha, onde o barbudo as esperava; dois homens de terno preto, carregando as tais pastas.

— Esse é o barco do terno preto — foi seu comentário. — Devem ser os passageiros do avião, mas por que demoram tanto a chegar? E onde está o furgão cinza?
Precisava falar com Joca, o banho esperaria.
— Vou dar um pulo no Joca, comprar pão — justificou.
A cadeira de rodas estava quase no bar quando o rapaz veio ao seu encontro, e ela não perdeu tempo, começou a relatar a novidade. Nesse momento Pereira chegou, de bicicleta.
— Já tem café aí?
— Madrugando, seu Pereira? — retrucou o rapaz.
— Esqueci minha garrafa térmica lá na portaria, ontem. Quando cheguei hoje, o Ozeias me passou o recado da chegada de gente cedo, aí fiquei esperando e levei um cano...
— Como é que foi?
— O Durval foi lá pro campo de pouso e demorou pra voltar, acabou vindo sozinho. Não é que os caras foram direto pra Angra? Como Durval disse que eles viriam de táxi, fiquei esperando pra não dar confusão, até porque eles são chineses, né? Depois que chegaram, deixei o Pedrão lá e vim buscar o meu santo café.
— Sua manhã então começou enrolada, hem, seu Pereira? Mas já tem café, sim. Vamos encher sua garrafa.
Operação rápida, realizada ainda com mais rapidez por Joca.
Pereira seguiu de volta.
— Então tem chinês na "Marlim"... — Carminha ouvira tudo e não entendera nada.
— Isso é novidade. Nunca embarcaram ninguém pela manhã e, muito menos, chineses.
Providencialmente, nesta hora chegou Marineide, ajudante do bar, o que permitiu que o rapaz acompanhasse sua amiga.

— Vamos até o deque, não podemos marcar bobeira. "Marlim de Prata" estava lá no final, nem sinal dos chineses.

O melhor que poderiam fazer era ir para a varanda.

— Os homens estão lá dentro, não apareceu ninguém — Júlia dera sua ajuda na vigilância.

Ficaram ali um bom tempo e nem com o binóculo conseguiram ver qualquer coisa.

Joca já ia voltando, quando o som do motor quebrou o silêncio: "Marlim de Prata" saiu mais depressa que o normal.

A massa estava misturada com aqueles ingredientes estranhos, era chegada a hora de dosar o fermento.

Mas será que isso não estaria além do alcance de Carminha e de Joca?

As águas da marina começam a esquentar

A "Operação Capitania dos Portos" foi completada naquela tarde, mas a carta só foi colocada na caixa do correio depois da passagem da *kombi*, já levando notícias sobre os chineses; Joca caprichara no envelope, colocando até o nome do Comandante Álvaro Pitanga, que ele sabia — mas tanto capricho acabara por retardar seu navio.

Naquela noite a lancha não voltou.

Numa terça-feira, quando Carminha chegou na varanda, lá estava a "Marlim de Prata", depois de mais de três semanas de ausência, recém-chegada e quase na hora do almoço.

Não perdeu tempo e assestou o binóculo na sua direção: várias caixas estavam no convés e um dos tripulantes as ia transportando para o deque, onde outras haviam sido empilhadas no pranchão.

— Esses caras têm peito — pensou —, nem estão aí pra luz do dia... O cara tira as caixas na maior calma.

Na segunda viagem do tripulante, ela cismou com a tranquilidade do marinheiro, carregando duas de cada vez.

— Vou ver isso de perto — decidiu e manobrou sua cadeira para a porta: "Júlia, vou dar um giro por aí".

— Vai, minha filha, vai passear um pouco que o almoço ainda demora.

Uma vez lá embaixo, até pensou em procurar Joca, mas isso poderia demorar, de modo que se dirigiu para os deques, embicando para o "F".

Teve o cuidado de ir seguindo devagar, como que passeando, parando de vez em quando para uma olhadela ao redor, como se estivesse observando todos os barcos.

Assim, chegou na cabeça do "F" e viu as caixas no "G", a 20 ou 30m: lá estavam ao sol, quietinhas, sem ninguém por perto, nem mesmo o tal tripulante que as transportara.

Rodou devagar e foi saindo do mesmo modo, cabeça em efervescência; ao deixar o deque, viu o marujo sentado na cerca de proteção, uma espécie de balaustrada, como se esperasse alguém. Por certo, seria o furgão cinza.

Manobrou sua cadeira, como se estivesse examinando o último barco e foi aí que o furgão chegou; com o rabo do olho viu o tripulante embarcar e até tremeu um pouco quando o veículo, depois de manobrar, passou novamente à sua frente, agora em direção à saída.

— Será que deixaram as caixas sozinhas? — sobressaltou-se.

De onde estava não podia vê-las, daí decidiu ir até o "G" — e foi, devagar, parando na entrada.

Lá no fundo, na cabeça do deque, as caixas!

As caixas e ninguém por perto!

A tentação foi maior do que a prudência e fez sua cadeira avançar pelo "G".

Olhar atento, registrava tudo à sua volta e dava uma conferida no seu objetivo, as caixas tentadoras, sozinhas, sozinhas.

— Bem, estou passando... Não é proibido passear por aqui... É dia claro... Não estou invadindo nada — ela seguia justificando-se para si mesma, dando reforço para sua coragem.

Parou ao lado do último barco antes da cabeça do deque; estava a uns 10m, no máximo, daquela pilha de cor parda e ninguém por perto.

Olhou detidamente para o barco, "Anelise II", atracado pela popa, iate de dois mastros. Respirou fundo e empurrou a manivela do acelerador como se ela fosse uma fina haste de vidro, com toda a suavidade possível, e a cadeira foi avante, devagarinho.

Estava a 8m, a 6, a 4... Parou a 2m e viu o "Made in China" nitidamente.

Tão nitidamente como viu Estefânio surgir por detrás dela, em pé no convés da "Marlim de Prata".

Lá da varanda, Júlia acompanhava o giro de Carminha pelo "F" e sua caminhada pelo "G".

Não dera a mínima para o furgão cinza e agora não a via direito, pois os mastros dos barcos atracados bloqueavam sua visibilidade.

— Essa danadinha cismou mesmo com aquele barcão... É bom que ela vá ver o bicho de perto pra matar a sua curiosidade.

Carminha disfarçou como conseguiu, fez de conta que não vira Estefânio e levou sua cadeira para o lado direito, percebendo que algumas caixas já estavam no pranchão.

Estefânio desceu pelo outro lado, o que ela não percebeu.

Deu uma olhada para o mar, voltou a apreciar o barco ao lado e, "satisfeita", iniciou a manobra para sair, quando deu de cara com o comandante da lancha.

— Oi! — firmou sua voz com toda energia que conseguiu. — Está uma bela tarde, né?

Ele a encarava com a fisionomia cerrada, impassível.

— Err... — pigarrou. — Do you speak English? Good afternoon!

— Good morning! — respondeu. — Mas podemos falar em português — e um sorriso curto destravou aquela expressão fechada.

— Desculpe, é manhã ainda. Me distraí! Vim dar uma voltinha...

— Isso é bom! — respondeu o marujo com um leve sotaque em seu português correto. — O ar do mar faz bem à saúde e à cabeça... Mas é preciso tomar cuidado, pois o mar pode ser traiçoeiro pra quem abusa dele.

— É, o senhor tem razão. Deve ser uma vida cheia de perigos — conseguiu se controlar para ir saindo devagar. — Bem, foi um prazer. Meu nome é Carmem. A gente se vê por aí.

— É muito bom passear, só que não se deve abusar demais. Até mais.

— Bem, tchau! — e entrou na reta do deque.

Lá na frente vinha o tripulante que saíra no furgão. E Joca o acompanhava no seu triciclo.

Seguiu devagar, coração acelerado.

— Oi, Joca! Trabalhando firme, hem! — saudou em voz alta a coisa de uns 15m antes de se cruzarem.

— É isso aí! E você dando seu giro! — resposta concluída quase ao se encontrarem.

O tripulante deu-lhe passagem, ficando atrás do triciclo, ao mesmo tempo que um casal descia de um dos barcos à direita da jovem.

— Me espera lá fora que eu já volto! — disse o rapaz, prosseguindo rumo à "Marlim de Prata".

Carminha seguiu na esteira do casal até parar próxima ao chuveirão, louca para olhar para a lancha, mas vencendo aquele impulso para não dar nenhuma bandeira.

Seu amigo demorou para voltar, e, quando chegou ao seu lado, a jovem deu um suspiro tamanho família.

Até o banco defronte ao bloco 1 trocaram uma ou outra palavra só; ali, olhando na direção do "G", destravaram suas línguas.

— Você é doida, Carminha?

— Não vou dizer que não tive medo, mas as caixas vieram da China.

Joca explicou que o tripulante fora ao autosserviço com uma lista de compras, mas sem dinheiro ou cheque e por isso ele fora fazer a entrega e receber do Estefânio.

— Então, de novidade, só as caixas da China? Mas caixas de quê?

— Sei lá, Joca. Não deu pra ler mais nada.

— Mas não deve ser nada de mais, amiga. Ou então eles não iam descarregar em plena luz do dia, ora. Veja que eu fui lá, passei do lado e não me toquei de nada.

— Olha lá! — Carminha viu a chegada do furgão cinza.

E teve início o transporte das caixas.

Os dois ainda estavam no banco quando ouviram o som de um motor, devia ser um barco chegando.

Só quando Carminha subiu é que se deu conta de que a "Marlim de Prata" saíra — ficou morrendo de raiva por não ter visto a largada, mas, por outro lado, de que adiantaria ter visto?

Mais esquisitices para a coleção: "Marlim" some um tempão, volta com as caixas da China, abastece com poucas coisas e, de repente, sem nenhuma razão, volta para o mar. E os chineses? O que acontecera com eles? Teriam sido trocados pelas caixas?

A sexta-feira começou feia, o Vento Sul dobrava os coqueiros, as ondas atingiam o ancoradouro e caía uma chuvinha fina, mas constante. Felizmente não precisavam sair do prédio para a fisioterapia.

Quando voltaram, viram que os barcos balançavam bastante e o pessoal da marina veio conferir as amarrações, suas capas amarelas se perdiam no cinza da chuva.

— Já imaginou o pessoal que mora nos barcos? — disse a moça.

— E eu ia querer saber disso, menina? Só de ver como as varetas balançam, já estou tonta. Faço ideia estando lá dentro!

— E quem estiver no mar numa hora dessas?

— Você não tem conversa melhor, não? — reclamou a babá. — Vamos logo pro banho, menina.

As portas da varanda vibravam com a força do vento, e aquele assoviozinho não parava. Lá pelo meio-dia a fúria serenou um pouco, mas ainda caía muita água.

Carminha matou a tarde lendo e vendo televisão; com aquele tempo, Joca não viria nem a lancha voltaria.

Assim como chegara, o Vento Sul se foi no sábado e o sol surgiu brilhante como se aquela água toda tivesse limpado o céu.

Acordou, tomou café, fez exercícios, tomou banho.

Foi para a varanda pegar um solzinho e seus pais deram um pulo em Angra.

Surpresa: um barco estava ancorado no meio da marina, uma lancha até parecida com a "Marlim de Prata", só que de cor azul-clara.

Seu amigo chegou pouco depois e o assunto foi a chuvarada da véspera; ele ficara no grupo dos deques "A" e "B".

— Foi uma trabalheira enorme! Quando bate a borrasca, todo mundo tem que ajudar. Se um barco desse aí se soltar, é um estrago só!

Depois de tomar um cafezinho servido por Júlia, chamou a moça para darem um giro lá por baixo.

As calçadas ainda estavam molhadas e o vento continuava frio, mas o sol se esforçava para secar tudo.

Os passarinhos esvoaçavam de uma árvore para outra.

— Eles estão consertando seus ninhos, a chuva sempre faz estragos.

Curioso, era uma coisa na qual nunca pensara, os estragos nos ninhos...

"Depois da tempestade vem a bonança", um ditado popular que só se percebe, de fato, apreciando o nascer do sol depois de uma tempestade, observando as reações da natureza: as palavras pareciam estar com um novo brilho, mais viçosas, de um verde alegre.

— E nossa lancha sumiu...

— É, isso não havia acontecido... — foi o comentário do rapaz.

— E você viu a lancha azul?

— Vi! Chegou cedinho... Pode estar de passagem ou pode ter vindo pra ficar. Deve ter passado o temporal aqui por perto. Vou saber tudo daqui a pouco, se fizerem o registro de permanência.

— Bem, só nos resta ficar de olho.
— É... Se as cartas funcionarem, pode ser que aconteça alguma coisa.
— Acho que nossas cartas deram em nada, sabe?

Joca envolveu-se com várias coisas, entrando numa roda-viva que acabou em Angra pra apanhar vidros que substituiriam os que foram quebrados pelo vento da véspera; por isso, só chegou no apartamento da amiga no início da noite daquele domingo, os pais dela já haviam ido.
— E aí?
— "Barracuda" veio para ficar!
— Quem é "Barracuda"?
— Carminha não entendera.
— Mais um hóspede, amiga. Esse é o nome da lancha azul. E aí é que vem a surpresa: veio pro lugar da "Marlim de Prata"!
— Ué! Não saquei...
Ele explicou: "Barracuda" pertencia ao tal Acosta também, e viera para o lugar da outra; a lancha grená, agora, deveria estar em Caraguatatuba.
— Então eles trocaram de barco.
— E trocaram de deque também, a "Barracuda" vai para a ponta do "G".
— E o barco que está lá?
— O dono já pedira pra vir pra dentro, na primeira vaga. E o gozado é que o comandante da lancha, o

Vitório, pediu pra ir mais pra fora... Seu Ambrósio adorou, pois conseguiu atender dois pedidos sem nenhum problema.
— Cara, você é o próprio detetive!
— É nada! É que seu Ambrósio esteve lá no autosserviço com esse tal de Vitório, foi apresentar o cara pra seu Jaime e eu me liguei no papo deles.
— Que sorte a nossa!
— Sorte maior é que o barco do seu Borges fica no "G-24", a uma vaga da "Barracuda" e ele telefonou pra que eu comece o trabalho de verniz amanhã.
— Ora, a sorte está com a gente! — alegrou-se a moça.
— Amiga, nós temos tido uma sorte enorme!
— Mas essa lancha nem bem chegou e já vai abastecer? — Carminha desviou a conversa.
— É, eles passaram a chuvarada numa enseada próxima a Parati. O cara disse que foram apanhados pelo Vento Sul em mar aberto, tiveram que vir direto pro continente. Por isso é que hoje chegou cedo aqui.

Joca começou sua manhã levando o abastecimento para a nova lancha, e foi recebido pelo próprio Vitório.
Tudo entregue e conferido, voltou para pegar seu material e retornou para o "G-24". Antes de iniciar seu trabalho, pendurou seu radinho num dos cabos do velame; depois que sintonizou uma estação local é que começou a limpeza do verniz velho, tarefa para lixa e espátula. Ficou de olho na "Barracuda", mesmo que lá o silêncio fosse total, ninguém no convés.
Passado algum tempo, pareceu-lhe ouvir o ruído de um rádio e, apurando bem o ouvido, teve certeza de que o som vinha da lancha, pelo conhecido ruído de estática, aquela chiadeira cheia de estalinhos; de repente, uma voz rouca começou a falar numa língua estranha, talvez inglês ou alemão.

Como se fizesse parte do seu trabalho, foi varrendo o convés até chegar à frente; lá na proa do iate, trocou a vassoura por uma flanela e passou a polir uma ferragem da guarnição. Então, ouviu nitidamente a voz de Vitório falando ao rádio, na "Barracuda".

Eram 11 em ponto, conferiu em seu relógio, e a conversação estendeu-se por uns 15 minutos, para depois voltar o silêncio.

O rapaz aproveitou para descansar um pouco, sentando-se na amurada de boreste, o lado direito do barco. Pernas balançando sobre as águas, o único som era o do mar batendo no casco do barco, além das músicas de seu radinho.

Retornou à espátula e à lixa, agora do lado boreste da cabine, quando um homem apareceu no convés da "Barracuda", indo sentar-se no banco de popa com uma panela cheia de batatas. Joca aumentou um pouco o som do seu radinho e o homem virou-se para seu lado.

— Pô! Aquele cara era tripulante da "Marlim de Prata", um dos gringos que não falava com ninguém! — constatou para si mesmo, sem parar o trabalho.

O sujeito continuou descascando suas batatas, sinal de que a presença de Joca não lhe importava; quando terminou com elas, retornou para o interior do barco.

O rapaz pensou naquela novidade, mas não parou de raspar e lixar, terminando já tarde avançada. Deu uma conferida no que fizera e estimou que ainda levaria mais dois ou três dias para concluir aquela fase do trabalho.

Foi direto para o chuveiro e só chegou ao apartamento da amiga às seis e pouco.

— Vamos de *pizza* e guaraná! — comunicou Júlia.

Aproveitou para atualizar a jovem sobre as novidades do dia.

— Então a "Barracuda" encontrou-se com a "Marlim de Prata" pra pegar esse tripulante...
— Parece que foi isso mesmo...
— A coisa está ficando cada vez mais complicada, Joca.

Na quinta-feira o rapaz foi bem cedo para o "G-24" e, ao som de seu radinho, começou seu trabalho. Surpreendeu-se com a visita da amiga lá pelo fim da manhã, o que foi um bom pretexto para um intervalo.

Explicou o que estava fazendo, criando uma boa oportunidade para que ela examinasse a "Barracuda" ali ao lado. Foi quando soou uma sirene lá pro lado da barra.

— É a lancha da Capitania dos Portos — pensaram ao mesmo tempo.

Joca foi olhar e veio com a confirmação, explicando que permaneceria ali, para ver qual seria a reação na "Barracuda".

— Bem, é melhor você voltar ao trabalho que eu também preciso ir — despediu-se a moça.

— Olá, "Barracuda"!

O som do megafone tornava a voz metálica, mas o que assustou Joca, absorvido no seu serviço, foi o fato de estar tão perto.

— Olá, "Barracuda"! Capitania dos Portos!

O rapaz parou o que estava fazendo e ficou olhando a lancha cinza, logo ao lado.

Vitório veio para o convés.

— Olá, Capitania!

— Vamos abordar! Visita! — anunciou o megafone.

E foi o próprio Comandante Pitanga que pulou para o convés da lancha.

Joca não entendeu tudo o que foi dito, mas deduziu que se tratava de uma visita de cortesia, nada especial; Vitório fa-

lava pouco, atento ao que dizia o oficial da Marinha, que não lhe pediu nenhum documento; apenas conversaram.
Logo o Capitão dos Portos se retirou, sua lancha cruzou o ancoradouro até as bombas de combustível, onde encostou.
Joca permanecia no mesmo lugar, de modo que, quando Vitório se virou, deu de cara com ele.
— Gente fina... O Capitão é boa gente! — foi o que encontrou para dizer, juntando às suas palavras um gesto de positivo. Retomou seu trabalho sem olhar de novo para a lancha.
Não viu o camarada entrar na cabine, mas dali a pouco escutou o som de estática. O rádio fora ligado, porém não pôde ouvir absolutamente nada do que falaram e de repente o som sumiu, rádio desligado.
Apesar disso tudo, aguentou firme em seus afazeres e, quando achou que podia parar, recolheu sua tralha e retirou-se do modo mais natural que conseguiu, sempre ouvindo seu radinho. Foi direto para a administração da marina: precisava pesquisar um pouco mais.

— E aí, Joca? O que a lancha da Capitania foi fazer lá? — Carminha nem deixou o amigo acabar de entrar, estava supercuriosa.
— Mas o pobre nem entrou, Carminha! — Júlia não entendia a agonia da moça.
— Foram ver se eu estava trabalhando direito!
— Ah! Nisso aí eu acredito! — soltou Júlia, antes de dar uma boa gargalhada.
Na varanda, passou para ela tudo o que acontecera.
— Seu Ambrósio estranhou a vinda do Comandante Pitanga, mas ele insistiu que estava apenas "dando um giro" pra sentir o balanço do mar... Coisa de marinheiro. Apenas cortesia... Lancha nova, foi apenas dar uma olhada. Nem pediu documentação, nem entrou pra ver nada.

— Mas eles não estiveram por aqui numa semana dessas?
— É, aí é que está a diferença. Não inspecionaram nada, não examinaram livros.
— Bem pode ser o que o cara disse, veio pegar "o balanço do mar"...
— Puxa! Tive esperança de que as cartas tivessem surtido algum efeito... Sabe, Joca, vamos ter que mandar outra contando que a "Barracuda" está no lugar da "Marlim", com o tal tripulante de prova!
— Se você não acredita nas cartas, por que vai escrever de novo?
— O que a gente pode fazer mais?
— Tudo bem, amiga, trago o envelope amanhã — Joca sabia ser amigo.

Na sexta-feira a "Barracuda" não amanheceu no "G", vazio que incomodou a jovem, apressando a remessa da segunda carta para a Capitania dos Portos.

Seu pessoal chegou quando o "torpedo" era levado pela *kombi* do correio.

Correu tudo como de costume, seus irmãos saíram na "Charmosa" e no domingo foram até Parati, depois dos seus exercícios feitos com afinco.

Na segunda, quando chegou na varanda, lá estava a "Barracuda" abastecendo!

Nem bem digeria a surpresa e um avião passou, motor roncando.

— Ora, ora! Está acontecendo alguma coisa — comentou consigo mesma.

Não demorou muito e Joca chegou, sempre direto para a varanda; também vira a lancha, mas vinha com outra novidade.

— Ligaram de madrugada pra avisar sobre a chegada de um passageiro bem cedo.

— Então deve ser esse que vem no avião.
Como que em resposta, pouco depois a *van* encostou no "G", descendo uma pessoa.
— Ué! É uma mulher! — novidade constatada por Carminha, que passou o binóculo para seu parceiro.
— A "Barracuda" vai sair! — devolveu-lhe o binóculo.
— Deve ser alguma emergência! O que se confirmou pela saída rápida da lancha.
— E ela está com um bote a reboque.
Mesmo a olho nu, Joca vira o bote, assim como viu o barco cruzar a boca da barra e, sem virar, prosseguiu rumo ao Sul.
— Rota diferente! Está acontecendo alguma coisa! — aquilo não agradou a moça.
— Que droga a gente não saber o que está rolando... Olhe, vou lá pro iate — Joca também estava agoniado.

À tarde, como não estava acontecendo nada, decidiu dar uma chegada lá no "G-24", para um dedo de prosa com seu amigo. Só não contava que Júlia resolvesse acompanhá-la para esticar as pernas... Mas, pensando bem, não havia mal nenhum na sua ida, afinal aquilo ali estava uma monotonia só.

E lá desceram as duas.

Quando se aproximavam do "G", um veículo passou por elas: era o furgão cinza, que parou defronte ao "G".

O trabalho de raspar e lixar estava praticamente concluído e Joca procedia a uma conferida geral, para ter certeza.

Ouviu um motor bem suave que se aproximava e olhou por olhar.

— A "Barracuda"! — assustou-se, pois ela demorara menos de duas horas...

A lancha vinha bem lentamente, mas, em lugar de fazer a tradicional volta pelo ancoradouro, rumou direto para a cabeça do deque.

E Joca viu dois homens em pé, no convés.

Carminha puxou conversa com Júlia, falando sobre barcos, um olho nela e outro no furgão; estava decidida a não parar, mas reduziu a marcha da sua cadeira.

Ouviu o ruído do motor de um barco, baixinho, mas não dava para ver nada dali.

A "Barracuda" atracou, um tripulante amarrou o cabo no cabeçote do deque; Vitório falou com seus dois passageiros e eles deixaram a lancha, seguindo para a terra firme.

Joca viu bem suas fisionomias, ambos eram barbudos, trajavam ternos pretos e cada um carregava uma pasta preta, as duas bem grandes.

Seguiram em frente e o rapaz, que já juntara suas coisas, dirigiu-se para o triciclo e foi logo atrás deles.

Júlia e a jovem estavam pertinho da entrada "G", quando o motorista desceu, dando a volta pela frente do veículo.

Foi aí que ela viu os dois homens que saíam do deque, recebidos pelo do furgão, com o qual trocaram algumas palavras curtas antes de embarcarem, os dois no banco da frente.

"São árabes!", deduziu Carminha, enquanto Júlia continuava falando sobre seu medo das águas.

O furgão saiu devagar no exato momento em que elas chegavam na entrada do deque.

— Olhe! Lá vem o Joca! — foi Júlia quem avisou.

O encontro foi complicado para os dois: tinham um monte de coisas para contar um ao outro e não podiam falar nada na presença de Júlia.

O papo que rolou foi uma doideira: Júlia querendo saber do trabalho dele, suas respostas saindo enroladas,

Carminha fazendo mil sinais e algumas caretas, cena digna de uma boa comédia.

— Gente, vocês não vão reparar, mas estou num prego danado e preciso tomar um banho. Já, já, pinto por lá!

— Você vai querer macarrão ou bolo de carne, filho?

— Pode ser os dois... Ou qualquer um! — respondeu já se distanciando no seu triciclo.

Embora Pedra do Peixe estivesse tranquila, as águas ali estavam esquentando — o fogo do mistério fora aceso e a chama podia estar pequena, mas era uma chama firme e constante.

Quando quem pode menos acaba podendo mais

Por sorte, Joca chegou na hora em que a novela estava num trecho superquente, o que segurou a boa Júlia diante da televisão, permitindo que ele e Carminha colocassem seus assuntos em dia.

Embarcara uma mulher e voltaram dois árabes, isso num curto espaço de tempo; o furgão retornara ao esquema; tudo estava fora da rotina, inclusive a tal ligação pela madrugada; e o bote, o que significava?

— Temos cada vez mais perguntas e nenhuma resposta.

— Se a gente tivesse as respostas, descobriria a transa dos caras, ora.

— Joca, esse negócio de carta está demorando demais. Vamos ter que apelar é pro telefone, está acontecendo muita coisa por aqui, temos que contar pra alguém.

— Mas contar pra quem, Carminha?

— Acho que a gente deve apostar na Capitania. O cara lá parece gente séria e ele deve ter força pra mandar essa bola pra frente. Será que dá pra descobrir o telefone de lá? Precisamos do número direto do capitão, um telefone "quente".

— Moleza! Está tudo lá na sala do seu Ambrósio e deve ter na recepção do hotel, também.

— Dá pra ir lá agora?

— É vapt-vupt, vim de triciclo.

— Acho que aqui em Angra eles não têm condições de rastrear as ligações telefônicas, mas, se tiverem, este celular é do Rio e está em nome do banco onde o velho trabalha. Vamos arriscar, Joca.

O rapaz não se fez de rogado, gingando mais do que nunca, saiu em busca do número da Capitania.

— Joca, você é fera, cara! — Carminha tinha razão para esse entusiasmo, pois estava com o telefone da Capitania e o da residência do Comandante Pitanga.

— Estava lá no hotel, debaixo do vidro da mesa do seu Mascarenhas.

Gastaram alguns minutos para acertar o que ela diria; Joca tinha medo de se enrolar, de modo que ela é quem falaria novamente.

Tudo combinado, Carminha empunhou o celular e Joca foi bater papo com Júlia para segurá-la na cozinha — aquela conversa não poderia ser interrompida.

— Carminha, tem dois pratos entrando no micro-ondas! — era a senha para o início daquela "operação denúncia".

Ela falou diretamente com o Comandante Pitanga e, terminada a "mensagem", desligou, para ligar logo depois, confirmando tudo.

Sentiu um calor danado lhe subindo pelo corpo; aguardou um tempo para voltar à calma.
Quando chegou na cozinha, Joca continuava falando com Júlia, que ria a não mais poder de suas gaiatices. Fez apenas um sinal de positivo para seu amigo.

No outro dia, terça-feira, Joca foi bem cedo para o "G-24": iria rolar o verniz, tendo a seu favor um sol generosamente forte.

Carminha acordou, Júlia providenciou logo sua higiene. Estava bem disposta e, além de tudo, mudara na sua atitude: havia conseguido reduzir as trocas da tal fralda para apenas quatro vezes ao dia.

Depois, foi tomar seu café na varanda.

Observando lá embaixo, notou quatro cortadores de grama que se encontravam ao longo do gramado do "G" para a Pedra do Peixe.

Foi quando uma buzina quebrou o silêncio e duas lanchas de porte médio entraram pela barra, dirigindo-se para as bombas de combustível.

Um catamarã saiu do "B" na mesma direção e a lancha que ia na frente lhe deu passagem.

Manhã que começava movimentada, menos para a "Barracuda", quietinha ali no "G".

Estava tomando banho quando um avião fez o seu rasante na marina, apressando-a.

— A marina está movimentada, hem, Ambrósio?
— É, tem dia de pouco, tem dia de muito — respondeu enigmaticamente, muito sério.
— Algum problema? — perguntou seu Mascarenhas, ao perceber algo de estranho no seu modo de falar.
— Não, só os da rotina de sempre.
Os dois estavam na porta do hotel.

Um carro parou em frente, dele descendo dois homens, trajados esportivamente.
— Acho que vamos ter novos associados — e Ambrósio foi ao encontro dos que chegavam.
Para seu Mascarenhas, era aquilo que estava preocupando o amigo: novos sócios.

Joca terminara a parte traseira da cabine, voltada para a popa do barco, deu uma conferida geral e partiu para bombordo, ficando de costas para a "Barracuda".
— Vem gente para cá, vou ficar de olho — a passagem do avião do Seu Acosta só poderia significar passageiros para a lancha.
E Vitório, saindo para o convés, confirmou sua desconfiança.

Lá do seu posto, Carminha vasculhava tudo; viu o carro que parou diante do hotel; o catamarã terminando seu abastecimento, de volta para o "B"; a manobra da lancha que chegara na frente para encostar no pequeno cais das bombas de combustível, a outra esperando...
Viu o furgão apontar na pista, indo para o "G", de onde desceram dois homens, só que desta feita em trajes esportivos.
Um dos recém-chegados era baixo, trajava camisa branca, de mangas compridas; o outro era alto e forte, vestia camiseta azul e olhava em volta como se estivesse apreciando a paisagem; descansou a pasta que trazia — havia sempre uma pasta — no espaço do para-choque dianteiro do furgão, enquanto acendia um cigarro.
Nesse momento, um dos tripulantes da lancha veio com o pranchão e o de camiseta azul puxou conversa com ele, enquanto o motorista trazia as duas malas que constituíam a bagagem deles.

Pelo que estava vendo, pareceu à jovem que o motorista não estava gostando daquela conversa do homem de camiseta azul; viu-o dizer alguma coisa para o de camisa branca e partiu.

Partiu e levou a pasta, Carminha acompanhava tudo. Binóculo no furgão, presenciou a queda da pasta quando ele fez a curva do balão pela contramão, o que não foi percebido pelo motorista, que seguiu para a saída.

— Meu Deus! Ninguém viu a pasta! — surpresa e excitada, fixou-se na pasta caída no jardim do balão.

Voltou-se para o "G", o pranchão já seguira, permanecendo ali apenas os dois, conversando ou discutindo, ambos gesticulando bastante.

Binóculo nos dois, binóculo na pasta.

— Isso é incrível! — Carminha era adrenalina total.

Quando os dois homens entraram no deque, ela não aguentou mais: "Vou pegar aquela pasta!".

Disse para Júlia que ia dar um pulo no hotel e desceu sem ouvir a resposta.

Enquanto isso, lá no "G-24" Joca não perdia nada que se passasse na "Barracuda".

Vitório falou qualquer coisa na direção da cabine e o tripulante que o rapaz não conhecia saiu e foi para o deque, postando-se ao lado do cordame.

Do lugar em que se encontrava, Joca não viu o furgão estacionando, mas, pouco depois, assistiu à passagem do pranchão e uns três minutos mais foi a vez de passarem os dois prováveis passageiros, que discutiam.

Subiram na lancha e um deles, uma vez no convés, deu uma olhada em volta, detendo-se na direção do rapaz que o espreitava com o rabo do olho: o cara era forte, vestia uma camiseta azul e sua fisionomia era dura.

— *Addio!* — disse alto, com raiva, acenando sabe-se lá para quem.

Ninguém falou mais nada e todos desapareceram na cabine, motor ligado imediatamente.

Porém, mal o barco se afastou do deque, Vitório assomou ao convés, gritando qualquer coisa para a cabine, de onde também saíram seus passageiros, todos falando aos berros.

— Alguma coisa pegou! — falou consigo mesmo, abaixando-se instintivamente.

A lancha atracou novamente e Vitório utilizou o telefone, tudo assistido pelo rapaz, agora agachado sob a proteção da cabine, olhando pelo lado.

A lancha que aguardava sua vez de abastecer colocou-se em movimento e foi para o fundo do ancoradouro.

A que estava abastecendo devia ter terminado, pois manobrou devagar e também foi para o fundo, só que próximo do "E".

Na sala do Comodoro, seu Ambrósio estava com os dois "novos sócios", um deles falava num celular.

— OK! Fique aí fora, "Garoupa 2" está na perna lateral e "Condor" vai lhe cobrir em poucos minutos. Fico na espera — e guardou o celular, dirigindo-se para seu Ambrósio. — Nosso pessoal já está em posição, os dois bandidos já embarcaram.

— Bem, a operação tá correndo — falou o outro "novo sócio" — e, felizmente, parece que tudo vai acontecer fora daqui.

Seu Ambrósio respirou fundo, aliviado diante daquela perspectiva.

— Sua cooperação está sendo muito importante, seu Ambrósio. Quando isso acabar, vamos ter uma longa conversa, pois é importante que o senhor conheça alguns detalhes disso tudo.

— O senhor precisa saber como uma marina pode ser usada por criminosos — interveio o outro.

— E tudo parecia estar certinho...
— Aí é que está o problema: esses caras se introduzem em ambientes como esse aqui, se aproveitam das facilidades existentes e cometem suas ações criminosas.
— A marina tem um barco disponível? — mudou de assunto o primeiro.
— Temos uma pequena lancha, está logo aqui em frente, na base do "A".
— Ótimo! Vamos lá pro quebra-mar. Quanto menos envolvermos a marina nisso, melhor! — e dirigindo-se para seu parceiro, comandou: "Avise pro Pitanga!".
— O Comandante não vem?
— Não, seu Ambrósio. Ele está no mar, pronto pra rastrear o "Sy Weng Star", provável destino da "Barracuda" e seus dois passageiros.
Acompanhou os dois até a balaustrada, entregando-lhes a chave da "Bella Jane" e ali permaneceu enquanto eles seguiam para o quebra-mar.
— Então os dois novos sócios já estão pescando por aí? — perguntou seu Mascarenhas no retorno de seu Ambrósio.
— É cada um que me aparece, Mascarenhas! E não é que eles querem passar a manhã lá no farolete?! — e seguia de cara fechada, esperando que seu amigo engolisse aquilo.
Do bloco 1 ao balão da saída, eram pouco mais de 50m, espaço coberto por Carminha na velocidade máxima da sua cadeira, descendo da calçada num pulo incrível.
Chegou ao balão e aí parou: não havia como subir o meio-fio.
— Miséria de cadeira! — esbravejou.
Não via a pasta, encoberta pelas margaridas que circulavam o balão, mas sabia que ela estava ali atrás, vira lá de cima. Mas iria pegar aquela pasta, nem que tivesse que se jogar no chão e se arrastar com a força de seus braços.

Depois de falar no celular, Vitório disse qualquer coisa para seus passageiros e os três pularam para o deque, correndo para fora.

— Isso aí está como o diabo gosta! — raciocinou Joca. — Deve ter dado a maior zebra!

Só que ele não poderia imaginar que zebra.

Carminha circundava o balão, mas não localizara nenhum lugarzinho onde pudesse subir com a cadeira.

E estava ali, supernervosa, quando viu, lá longe, os três vasculhando a área próxima à saída do "G".

— Deram pela falta da pasta! — era uma disputa, ela contra os três.

Mas, quando viu que eles vinham na sua direção, assustou-se.

— Não posso dar bandeira ficando aqui! — e movimentou sua cadeira para novo giro no balão.

Por conta dessa volta, encontrava-se do lado oposto quando eles passaram, fisionomias tensas, olhares duros; e nem haviam alcançado o balão seguinte, quando o furgão cinza chegou.

Aconteceu uma conversa rápida e os três embarcaram, saindo da marina.

Bem, o pior passara.

— Eles foram atrás da pasta, só pode ser — pensou. — Preciso arrumar um jeito de pegá-la!

Como que em resposta à sua determinação, um dos funcionários da marina vinha do restaurante.

— Moço! Moço! — chamou Carminha. — O senhor pode me ajudar aqui?

Contou que vinha com sua pasta, perdera o controle da cadeira, batera no meio-fio e a infeliz pulara de suas mãos e caíra no gramado, atrás das margaridas.

— Ali, do outro lado! — disse com a voz mais súplice que conseguiu.

O homem conhecia Carminha. Já a vira por ali várias vezes e, embora estranhando como a pasta dera tamanho pulo, foi até lá e pegou-a em meio às margaridas.

— Puxa, está pesadinha, né? — comentou ao passá-la para a jovem.

— É, está cheia de livros — explicou com aquela expressão de menininha desamparada. — Muito obrigada, moço.

E foi saindo de fininho com a mala no seu colo.

Teve medo de encontrar alguém da "Barracuda" se seguisse pela pista paralela ao deque, de modo que tomou o rumo da saída, pois logo adiante havia outra rampinha para a calçada. Queria chegar logo ao apartamento para abrir a pasta e ver o seu conteúdo.

Seguia com cuidado para evitar que a pasta caísse de verdade, uma das mãos ao volante-acelerador, a outra firme segurando aquele tesouro.

Subiu a calçada mas, uns 20m depois, não viu um galho de árvore no caminho, que, mesmo pequeno, fez a rodinha dianteira derrapar e a cadeira escorregou para o lado, a roda traseira saiu da passarela para o gramado com um pequeno solavanco e parou: ficou travada num desnível entre o cimento da calçada e a terra do gramado.

Estava suando, tanto pelo esforço por ter ido depressa demais até o balão, pela agonia quando não conseguiu pegar a pasta, como pela tensão de agora estar ali, com a bendita no seu colo.

Tentou ir para trás e nada, ficara entalada.

E ninguém para chamar e pedir ajuda, o cara que a ajudara no balão simplesmente sumira.

Bem, tinha que esperar por alguém, o que não podia era se afobar, logo agora que estava prestes a descobrir alguma coisa.

A pasta no seu colo, pesadinha a danada.

Foi aí que sua curiosidade começou a incomodá-la, uma vontade foi crescendo rapidinho: o que, de fato, estaria na pasta?

Olhou em volta: ninguém.

Foi cedendo devagarinho, suas mãos pareciam ter vida própria deslizando sobre a pasta, dedos tocando nos fechos, carinhosos, suaves.

Decidiu-se: que mal havia em dar uma olhadinha?

Atacou o fecho sem mais rodeios: era um desses fechos com segredo, três números de cada lado.

O da esquerda abriu-se logo, o dono da pasta não havia embaralhado os números.

Mas o outro, não!

Tentou a mesma combinação do primeiro e nada, só lhe restando ir fazendo outras combinações, girando cada número de uma vez — com paciência e um pouquinho de sorte, conseguiria acertar a combinação.

Tão concentrada na tarefa, não viu o furgão cinza que voltava lá no balão.

Como também não viu que ele parara, nem que um homem desceu do furgão e apontava na sua direção.

Click:

— Consegui! — exultou quando o fecho abriu.

Levantou a tampa e foi logo vendo as pilhas de dólares lá dentro.

Soltou o ar que estava preso desde aquele bendito "click".

Mas, além do dinheiro, viu uma caderneta preta: pegou-a e começou a folhear o livrinho, fechando a pasta: entreteve-se naquela leitura, tudo em italiano: *oro, diamante, perla, dollaro, lira, reale, rapina, riscatto, ostaggio, auto, tossico, denaro, polizia,* eram alguns dos títulos, sob os quais se seguiam datas, nomes e números... Não era preciso conhecer italiano para entender aquilo.

— *A signorina está gostando del libretto?*

Olhando de longe, eram dois homens conversando com uma jovem numa cadeira de rodas. Cena banal, simpática até.

Olhando de perto, tínhamos uma moça que perdera a voz pelo susto, sequer conseguira fechar a caderneta.

Vitório falara suavemente, um sorriso simpático, mas olhos azuis frios como gelo, duros, imóveis: o seu companheiro era o de camiseta azul, alourado, rosto de pedra, quadrado, traços fortes, retos.

Carminha sabia que o comandante falava com ela, mas não ouvia nada e quando ele esticou a mão para pegar a caderneta, apenas abriu os dedos.

Cara de Pedra também falava e pelo movimento de suas sobrancelhas e da boca grosseira, devia estar dizendo besteiras.

Mas o que a impressionou mais foi o movimento da mão direita dele, a qual lentamente empunhou o cabo de um revólver encaixado na cintura, sob a camiseta.

Vitório percebeu a movimentação dos olhos da garota e, seguindo a direção deles, viu a besteira que estava sendo feita pelo comparsa.

— *Maledetto!* — grunhiu sem mexer um músculo que fosse, mas atingindo o Cara de Pedra em cheio.

E disparou uma metralhadora verbal apontada para o desajeitado bandido.
Olhou para os lados — ninguém.
— *Andiamo*! — comandou, segurando no encosto da cadeira e, puxando-a para trás, viu que a roda estava presa.
Sem fazer o menor esforço, levantou-a, desprendendo a roda.
— Agora, a *signorina* vai dar um *giro al mare, va bene*!
Foram devagar em direção ao furgão.

Com delicadeza, Vitório pegou a pasta, passando-a para Cara de Pedra, abriu a porta lateral do veículo e suspendeu a moça com cadeira e tudo: foi deste modo que Carminha embarcou, Vitório ao seu lado.

Cara de Pedra foi na frente, com o motorista e outro homem, dos quais ela só viu a nuca.

A marina continuava uma calma só.

Tirando os jardineiros que cuidavam das plantas, não havia viva alma por ali, um deserto de paz.

Vitório falou praticamente no ouvido do motorista e o furgão deu a volta no balão, como se fosse sair da marina, bem devagar.

Na parte de trás não existiam janelas, era um espaço largo com um banco ao contrário, encosto grudado no da frente.

O marinheiro ia meio de lado, segurando o braço da cadeira, seu pé travando o aro da roda, um olho no caminho, outro na jovem.

Carminha ia recuperando seu controle e talvez, pela primeira vez desde seu acidente, deu graças por estar de fraldas... Estava superapavorada, tinha um nó travando-lhe a garganta, mas sentia que ele estava afrouxando, dando-lhe chance para que tentasse regularizar sua respiração.

Via o caminho pelo para-brisa, mas sabia que, lá de fora, ninguém a perceberia ali dentro.

No próximo balão, novo comando de Vitório, inaudível para os demais, e o veículo fez o contorno e voltou, dirigindo-se à pista paralela do deque, sempre devagar.

Seguiu até a Pedra do Peixe, Vitório observando os arredores.

Carminha viu o pessoal que cuidava dos jardins, lembrou-se de Joca ao passar pelo "G", mas sabia-se incapaz de qualquer reação.

O motorista conduziu o furgão devagar, foi até o final da pista e voltou na mesma velocidade e, a um comando de Vitório, parou defronte ao deque da "Barracuda".

— Tudo limpo! — disse, sem desviar o olhar lá de fora.

O comandante do barco falou num italiano carregado, rápido, talvez em dialeto, e o motorista desceu.

Carminha achava que já conseguiria falar, se tentasse, mas considerou que não era hora de tentar nada.

Novo comando de Vitório e os dois da frente desceram, um de cada vez, com muita calma.

Um minuto, dois ou apenas alguns segundos, Carminha não saberia precisar, pois lhe pareceu um tempão até que a porta fosse aberta, sem nenhuma pressa.

Vitório desceu, a cadeira ficou na beira da porta, lá fora eram dois de cada lado, todos displicentemente olhando em volta.

— OK!

Quatro mãos tiraram a cadeira do furgão e ela sentiu-se carregada no meio dos quatro, até ser depositada no deque, quando Vitório se colocou atrás, dois ficaram do seu lado esquerdo e o último retornou ao furgão.

"Vão me levar pra Barracuda!", estremeceu ao pensar naquilo, mas fazer o quê?

— *Al mare, signorina! Scusame, al mare!* — o marinheiro como que se desculpava, tipo "lamento muito, mas tem de ser assim".

Enquanto avançavam ligeiro, ela prestava atenção à sua direita: Joca estava no "G-24", era preciso que ele a visse. De fato, Joca era sua única esperança. "Joca, você tem que me ver e pedir socorro! Fica na sua, amigo! Você só tem que me ver!" — com certeza esses pensamentos foram a prece mais fervorosa que Carminha já fizera em sua vida.

Só que não devia estar bem com os santos e seu anjo da guarda certamente se mandara, com mais medo do que ela: passaram pelo "G-24" e nada do Joca...

Nosso "firme como boia" continuava no seu rola-rola, esticando o verniz no madeirame do barco, de olho na "Barracuda: vira a saída de Vitório e de seus passageiros naquela falação complicada e não tinha dúvidas de que acontecera alguma confusão por lá.

Isso se confirmava pelo nervosismo dos dois tripulantes, que andavam no convés em absoluto silêncio.

Lá pelas tantas, ambos pararam; haviam visto alguma coisa lá na entrada do deque, pois um deles desceu e foi se postar ao lado da amarra e o outro meteu-se na cabine, ligando o motor imediatamente.

"Os caras estão voltando!", foi o que pensou. "E eles vão partir rápido."

Tinha de ver quem vinha lá pelo deque, de modo que se moveu para uma posição melhor, sempre se protegendo para ver sem ser visto.

Mas não esperava ver o que viu: Carminha sendo conduzida por Vitório, os dois passageiros do seu lado esquerdo. Foi como se tivesse sido atingido por um raio. Assistiu à amiga passar, aturdido, congelado.

Um pouco adiante, um dos jardineiros ajoelhou-se ao lado do carrinho de ferramentas e, como se estivesse procurando alguma coisa, falou pausadamente:

— Pescador, aqui Grama. Aqui Grama. Estão levando a moça da cadeira de rodas. Rodas no "G". Câmbio.

— OK! — veio a resposta. — Árvore, aqui Pescador. Confirme Grama. Confirme! Câmbio.

— Pescador, aqui Árvore — veio a voz de algum lugar, seguramente alguém trepado numa árvore. — Positivo. Rodas segue no "G". Acompanhando... — pausa enervante — Rodas embarcada. Embarcada! Câmbio.

— OK! Mensagem recebida. Pato Gordo, aqui Pescador. Pato Gordo, feche a Boca. Fechar a Boca, Pato Gordo! Câmbio.

— Pescador, aqui Pato Gordo! — veio a resposta. — Fechando a Boca, já. OK! Boca será fechada em 30 segundos. Câmbio!

— Pescador, aqui Árvore! — a voz entrou rapidamente. — Alvo desatracando! Desatracando! Câmbio!

— Pato Gordo, Pato Gordo! É com você! — aquele comando exigia rapidez. — Retaguarda, atenção! Seguir mantendo distância! Câmbio!

As duas lanchas que estavam no fundo do ancoradouro se movimentaram um pouco.

Carminha estava no meio da cabine, guardada agora por Cara de Pedra, já que Vitório assumira o leme e manobrava para sair.

Mal se afastara uns poucos metros do deque, o italiano viu a lancha da Capitania dos Portos aparecer na boca da barra, ainda do lado de fora.

Disse alguma coisa, o que foi um palavrão no entender de Carminha.

Cara de Pedra não pestanejou, também vira a lancha e seu revólver passou a ser apontado para a cabeça da moça.

Da varanda, Júlia olhava procurando pela jovem.

— Essa menina está demorando. — Onde ela terá ido, Santa Engrácia? Ela disse hotel ou Pedra do Peixe? — Carminha dissera qualquer coisa, só que ela não lembrava o quê. — E nem fizemos os exercícios, ora...

Júlia chegara à varanda quando uns homens estavam embarcando na tal da lancha e lhe pareceu que eles carregavam alguma coisa para o barco, mas, como daquela distância não enxergava bem, não identificou o que era.

A "Barracuda" parou um pouco afastada do deque, motor naquele gargarejo rouco mantendo-a no mesmo lugar.

Joca ia recuperando o controle, seu desespero estava virando raiva, processo lento.

Abaixado para ficar protegido pela amurada do barco, foi até a proa e de lá, por um olhar, afastando um pouco a corda que por ali passava, viu a lancha da Capitania no meio da boca da barra.

— Estão ferrados! — vibrou com a desventura próxima dos bandidos.

Compreendeu a parada da "Barracuda", sinal de que não estava disposta a enfrentar o pessoal da Marinha.

— As cartas deram certo! — comemorou silenciosamente. — Ou será que foi o telefonema? Tanto faz, vocês estão ferrados!

A raiva se instalara, teve vontade de se levantar e gritar para a lancha que eles estavam liquidados.

Mas, se eles estavam em apuros, Carminha corria riscos — a consciência daquilo golpeou-o violentamente.

No mínimo, ela ficará de refém. Deitou-se no convés, chorou sobre a madeira do piso.
— Meu Deus, por que logo ela? — desabafou consigo mesmo. — Uma garota tão bonita, coitada. Pombas, Deus, você está me ouvindo, cara? Por que não sou eu que estou lá? Dá um jeito de me trocar por ela!

Júlia não se conteve e desceu; olhou para todos os lados e nada de Carminha.
— Mas onde essa menina terá ido, Santa Engrácia? — repetiu seu apelo. — Hotel ou Pedra?
Sem ter certeza, caminhou até o deque, olhando para os lados do hotel e, como não viu viva alma, foi para a Pedra do Peixe. Caminhava com passos firmes, passando pelos jardineiros, e não gostou de como eles trabalhavam, mas seguiu em frente.
— Hoje em dia ninguém quer trabalhar direito — confiou aos seus botões. — Uns homens fortes, estão ali naquele pedaço desde cedinho e só estão tapiando... Cambada de pilantras!

Carminha permanecia calada, falar o quê? Mas não perdia nenhum detalhe e viu que a lancha da Capitania fechava a saída da "Barracuda".
Acompanhou as ações de Vitório: sua ligação telefônica, provavelmente para o tal do Acosta, explicando a situação e pedindo instruções; falaram sobre ela, embora não soubesse o quê, mas isso ficara claro pelo olhar do marinheiro em sua direção. Depois, suas instruções aos tripulantes, levando os dois para o convés, só não sabendo para fazer o quê. Quando ele amarrou sua cadeira a um gancho lateral, percebeu que ia acontecer alguma coisa e que ela iria ficar sozinha ali.

Não entendeu tudo o que ele falou para Cara de Pedra e Camisa Branca, mas lhe pareceu que os dois iriam sair da lancha, pois cada um recebeu um saco plástico no qual colocaram seus documentos; a pasta também foi protegida por outro saco e os dois abriram suas malas, de onde retiraram carregadores de munição, igualmente ensacados.

Tudo pronto, Vitório manobrou a lancha, até que ela ficasse paralela ao deque, afastada dele uns 2m; um dos tripulantes apareceu na janela da cabine e abaixou-se; os dois passageiros receberam mais dois sacos, tiraram os sapatos e ambos colocaram-nos ali dentro, com suas armas; conferiram a amarração dos sacos e saíram pela porta, agachados, dobrando à esquerda.

Joca mantinha a "Barracuda" enquadrada por aquele olhar de bombordo, de modo que acompanhou a manobra que a colocou paralelamente ao deque, proa apontada para a boca da barra. Só entendeu aquilo quando viu um dos tripulantes abrir a amurada lateral à cabine e, deitado, ir puxando a corda do bote, bem devagar.

— Os caras vão fugir no bote... — isso ele entendeu.
— Mas pra onde é que eles vão? — moveu-se até ver a boca da barra e a Capitania continuava lá. — Será que vão encarar a lancha de bote?

O trabalho de recolher o bote demorou um pouco e, mesmo sem vê-lo, Joca deduziu que o marujo o trouxera para ali, pela posição da corda. E isso foi logo confirmado pela chegada dos dois passageiros que, um de cada vez, saíram por ali direto para o bote, praticamente arrastando-se pelo convés da lancha.

— Eles vão vir por debaixo do deque e sair lá na frente! — percebera a única hipótese de uma fuga com alguma chance de sucesso.

A raiva que agora o dominava levou-o à indignação:
— Essa não! Esses caras não podem escapar!

E se arrastou pelo convés até boreste, onde, protegido pela cabine, passou por cima da amurada; apoiou-se nas cordas que sustinham as cortiças de proteção da lateral do casco e deixou-se ir descendo até entrar na água, silenciosamente.

Nesse exato momento viu os dois passarem no bote, remando devagar sob o deque, em direção à terra.

Nadou também sem fazer ruído e chegou a um dos pilares do deque, um tronco bem grosso, e, protegido por ele, viu os bandidos um pouco na frente, avançando devagar, parecendo examinar os barcos ancorados.

— Puxa! Os caras estão procurando um barco pra fugir! — sua cabeça estava fervendo e analisava o que poderia ocorrer: se os caras pegassem um barco ali, poderiam enganar a Capitania; então, ele precisava descobrir qual seria o escolhido, sair dali e correr até o hotel para avisar alguém.

— Mas e se eles forem pra terra? — existia essa possibilidade e, nesse caso, só lhe restaria ir atrás deles e, lá fora, aprontar um berreiro para chamar a atenção de alguém.

— Droga! — lembrou-se. — Estou esquecendo da Carminha!

Sua amiga ficara na lancha com Vitório e os outros dois.

Sem os incômodos passageiros, Vitório poderia tentar sair e passar pela lancha da Capitania.

— Pode até usá-la como refém pra forçar a passagem — aquela lembrança assustou o rapaz.

Sentia dificuldade em tomar uma decisão, mas sabia que a jovem só podia contar com ele para sair da "Barracuda".

Ali dentro d'água, desconhecendo tudo o que se passava lá fora, Joca não sabia o que fazer; de todos os seus pensa-

mentos, só havia uma certeza: Carminha estava na lancha e ela não embarcara para passear.
Foi dar mais uma conferida nos bandidos do bote e não viu ninguém sob o deque.
— Pô! Os caras já entraram num barco! — e aquilo o fez decidir-se.
Foi nadando devagarinho em direção à "Barracuda", lá se penduraria na corda que prendera o bote e que balançava ali na sua frente.
E alinhou seu plano de combate: não devia ter ninguém olhando para as águas, ele pegaria a corda e, se o barco saísse, seguiria arrastado até que cruzassem com a lancha da Marinha.
— Aí, boto a boca no trombone e a Capitania prende o Vitório! — esta seria sua participação no resgate da jovem.

Nada de Carminha na Pedra do Peixe! Júlia começava a ficar nervosa.
— Será que essa danadinha foi ver o tal barco? — perguntou-se. — É, ela pode estar lá com o Joca — essa esperança fez com que voltasse com passos mais rápidos. — Como é que eu não procurei logo o Joca, Santa Engrácia?

Cara de Pedra e Camisa Branca descobriram uma lancha que lhes pareceu boa. Só que ela estava no outro deque, o "H": era uma lancha amarela e vermelha, com motor possante, coberta por uma lona.
Encaixaram o bote entre dois barcos, saindo debaixo do deque e ali, protegidos, trocaram ideias aos sussurros: não seria prudente irem de bote, alguém poderia vê-los da terra; teriam de ir a nado, sob as águas, o que não era difícil, já que a distância até lá era coisa de uns 20m.

Eles haviam concluído que, se os "federais" estavam lá na saída — fora o que Vitório lhes dissera —, era muito provável que existissem outros tiras por ali.

Cara de Pedra foi o primeiro: retirou o cinto das calças e com ele amarrou os sacos plásticos, prendendo o volume debaixo de um dos braços, e entrou na água. Tomou fôlego e mergulhou. Camisa Branca, olhos fixos no trajeto do comparsa, tomou as mesmas providências, respirando aliviado quando o outro emergiu entre dois barcos do deque fronteiro. Também conseguiu chegar lá, os dois novamente lado a lado.

Foram para debaixo daquele deque, puxaram a lancha até que ela estivesse colada à estrutura, desprenderam uma parte da lona de cobertura e, enquanto um sustinha o barco contra o pilar, o outro entrou por aquele espaço.

Joca se pendurara na corda, colado ao casco da lancha, ficando bem embaixo da tal abertura da amurada.

Sabia que, se ficasse na popa, poderia ser atingido pela hélice do barco e não se arriscaria a subir, pois seria descoberto e isso não ajudaria em nada.

Quando a lancha se movimentasse, se firmaria na corda, su-

bindo até o meio do casco para não ser arrancado dali pela pressão da água.

— *Signorina, andiamo a passeggiare al mare!* — Vitório decidira movimentar a "Barracuda", uma forma de ver a reação da outra lancha lá na saída do ancoradouro.

Tomou a direção do posto de abastecimento, onde encostou devagar, dando dinheiro a um dos tripulantes para pagar o combustível.

Não deixou a cabine, impedindo qualquer possibilidade de Carminha tentar alguma coisa, se bem que ela não imaginasse o que poderia fazer.

E o comandante da lancha ainda por cima sorriu-lhe gentilmente e colocou o indicador na boca, o universal sinal de silêncio.

— Pescador! Aqui Árvore! Alvo em movimento! Em movimento! Câmbio!

— Aqui Pescador! Atenção, Alvo se deslocando. Direção? Direção? Câmbio!

— Aqui Árvore! Parece ir para Combustível! Combus-

tível! Espere! Pescador, alguém dependurado a boreste! Bote sumiu! Repito! Sem bote e alguém dependurado no Alvo!
— Estaleiro, aqui Pescador! Combustível, aqui Pescador! Alvo seguindo, alguém no mar, a boreste do Alvo! Atenção, confirmem. Cuidado. Rodas a bordo. Rodas a bordo. Câmbio!

Quando a lancha se deslocou, Joca se firmou na corda como planejara, mas mesmo assim a situação era difícil: estava duro enxergar, pois vinha muita água no seu rosto, obrigando-o a virar a cabeça para trás; não podia subir muito e, por mais que dobrasse as pernas, elas ainda pegavam a força das águas. Mas percebeu que não estavam indo para a boca da barra.

"Vão dar um giro...", foi sua primeira impressão, mas, quando a velocidade foi reduzida, descobriu o destino. "Vão abastecer!"

Virou a cabeça para a frente, precisava ter muito cuidado: se encostassem do seu lado, seria imprensado contra o cais flutuante do posto; se encostassem de popa ou do outro lado, poderia ser descoberto por quem fosse abastecer ou por um dos próprios tripulantes.

Seus olhos ardiam com a água salgada, porém não dava para fechá-los nem podia protegê-los com uma das mãos, ambas agarradas na corda.

"Vão atracar de popa!", teria de sair dali para não ser descoberto.

Sem largar a corda, tão logo a popa do barco se aproximou do flutuante, mergulhou e foi para a lateral.

Joca estava com medo: naquele pequeno deslocamento da lancha, em baixa velocidade, sentira muita dificuldade para permanecer pendurado. O que aconteceria quando a velocidade aumentasse?

— Nem me interessa! — respondeu sua própria dúvida. — Tenho que aguentar as pontas, Carminha precisa de mim.

O abastecimento foi feito, escutou as poucas palavras trocadas pelo cara do posto com o tripulante.

Notou duas pessoas que desconhecia, imaginando que fossem novos empregados do posto e não pensou mais nisso; estranhou que um dos novatos ficasse examinando a lancha disfarçadamente, como que procurando alguma coisa.

— Novato é sempre curioso — pensou.

O tripulante retornou à lancha, o abastecimento estava concluído. Firmou-se bem na corda, agora ia ser um momento difícil; com certeza seria visto pelo pessoal do posto quando o barco saísse.

— Ê, Cabrini! — o tripulante gritou para o outro. — *La maniglia da scialuppa!*

— *Che?*

— *La maniglia, la corda della barca!*

Quando o tal do Cabrini apareceu na amurada e começou a puxar a corda, Joca percebeu que ia passar por um tremendo aperto.

O homem foi recolhendo a corda e Joca ainda insistiu em segurá-la — resistência inócua, reação de puro desespero, pois o camarada deu um tremendo puxão e quase que ele foi arrancado do seu esconderijo.

Soltou a corda e não sabia se estava chorando de raiva ou se seus olhos ardiam por conta do sal.

Cabrini puxou o restante da corda para o convés e levantou a amurada, sumindo de sua visão; ato contínuo, a lancha saiu naquele gargarejo rouco e ritmado.

— Meu Deus, o que faço? — Joca estava derrotado. A "Barracuda" seguiu reto, não estava indo para a barra, mas regressava ao "H".
Só que não chegou lá, parando no meio do trajeto.
— E agora? — o rapaz não estava entendendo nada.

— Pescador! Aqui Combustível! Não tem ninguém pendurado no Alvo! Ninguém pendurado. Corda foi recolhida. Câmbio.
— Árvore, aqui Pescador. Confirme Pendurado, confirme. Câmbio!
— Pescador, Pendurado estava no Alvo. Confirmo! Câmbio!
— Combustível, aqui Pescador. Pendurado é todo seu! Busca na água! Atenção, busca silenciosa. Que ninguém veja. Busca na água! Câmbio.

Júlia passou outra vez pelos jardineiros e viu que eles estavam embromando, um deles continuava mexendo num carrinho de mão, ajoelhado ao lado. Se ela não estivesse preocupada com Carminha, com certeza diria algumas verdades para aquela cambada.
Nervosa e zangada, entrou no "H" pensando que fosse o "G".

Cara de Pedra examinara o console da lancha e viu que teria de fazer uma ligação direta na chave de partida, coisa bem mais simples do que se fosse num automóvel. Só esperava que o tanque tivesse combustível.
Já recuperado do esforço para chegar ali, combinou com Camisa Branca que iria dar uma olhada lá para a saída, para ver se o caminho estava livre.

Levantou a lona com cuidado e, não vendo ninguém, saiu para a água. Se a boca da barra continuasse bloqueada, tentariam a fuga à noite.

— Quieto aí, moleque! Um cara surgiu à sua frente, saindo das águas.
— Não se mexa! — outra voz veio de cima.
Mexer como? Estava exausto, com raiva e desorientado.
Saiu da água seguro firmemente pelo tal novo funcionário do posto, agora metido numa roupa de mergulhador, seguido pelo que permanecera em cima do flutuante. Sua expressão de terror e seu corpo mirrado devem ter sensibilizado o que não entrara na água.
— Calma! somos da polícia, rapaz.
— Da polícia? Graças a Deus! — era a salvação inesperada, de modo que ele disparou a falar. — Carminha está lá na "Barracuda", dois bandidos já se mandaram, só ficou o Vitório com dois tripulantes.
— Vamos devagar, cara. Sabemos que a moça está na lancha — disse o molhado —, mas fale devagar.
E ele falou, queria falar, precisava falar — alguém tinha de salvar sua amiga.

Júlia fora até o final do deque e nada do Joca; pelo que se lembrava, ele devia estar num barco do lado direito, quase no final do deque, mas, por mais que olhasse, nada dele nem do barco que os dois tanto cuidavam; no lugar da tal lancha, estava um outro barco, com dois enormes mastros, "as varetas", como Júlia os chamava.

— Quem sabe essa menina já voltou e eu estou aqui perdendo meu tempo?

E foi saindo devagar, olhando para os barcos, mantendo a expectativa de descobrir Joca.

Estava confusa e por duas vezes pensou ter encontrado o barco onde o rapaz trabalhava.

— Essas tranqueiras são todas iguais! — e debruçou-se na amurada da sua última cisma para ver melhor, tentando descobrir um sinal de Joca.

Quando se voltou, viu um homem saindo de um barco mais à frente, ou melhor, escapulindo por um buraco na lona.

— Meu Deus! Valha-me, Santa Engrácia! Um ladrão! — assustou-se, ficando paralisada ali, grudada na amurada do barco, olhos firmes naquele buraco na lona.

Olhos que se arregalaram mais ainda, quando percebeu a mão de alguém, arrumando a lona e fechando a abertura.

— Minha Santa! Tem outro ladrão lá dentro! — murmurou apavorada!

Não podia ficar ali, precisava fazer alguma coisa.

Com o coração aos pulos, caminhou cautelosamente, pisando com cuidado para não fazer barulho.

Tinha de chamar alguém!

Passando o barco onde ainda estava um dos ladrões, apertou o passo, chegando ofegante ao chuveirão.

Ninguém por perto, a não ser aqueles jardineiros pilantras, e, fazendo sinal com as mãos, dirigiu-se para o vagabundo mais próximo.

A princípio o homem não entendeu nada, mas, quando a viu vindo em sua direção, largou a enxada que segurava e foi rápido ao seu encontro.

— Tem dois ladrões ali num barco! — anunciou nervosa, mas em voz baixa, como se os tais pudessem ouvi-la. — Chame alguém, rapaz! Tem dois ladrões ali dentro!

O tal Pescador acabara de ouvir Combustível, quando Grama entrou no ar.

Somando o que dissera o ex-Pendurado Joca com o que Grama repassou da versão de dona Júlia, Pescador e todos do seu grupo montaram o quadro geral: os dois bandidos que escaparam no bote estavam no "H", num barco coberto por uma lona, uma lancha portanto, e a moça permanecia na "Barracuda", parada no meio do ancoradouro.

Ninguém contou a Júlia que a jovem estava na lancha, e um dos jardineiros se prontificou a ir com ela para procurar a garota.

— Vou com a senhora, tia. Vamos encontrar essa passeadeira.

Para um mau jardineiro, aquele rapagão era muito simpático, falava bem e, na avaliação de Júlia, tinha futuro se levasse seu trabalho mais a sério.

E lá se foram, a preocupada babá se sentindo bem com a companhia, coisa que não saberia explicar.

— Combustível, aqui Pescador. Veja se Pendurado topa ir de barco até Alvo. Se topar, explico. Retaguarda! Pronto para aproximação lenta! Aguardem comando! Aproximação bem lenta! Pato Gordo, Pato Gordo! Preparar quatro Peixes! Qua-

tro Peixes! Abordagem por boreste! Boreste! Aguarde comando! Câmbio!

Já fora chamado de muitas coisas, mas nunca de Pendurado, considerava Joca ouvindo aquele diálogo pelo rádio. Mas, se aquele cara que estava com ele era Combustível, Pendurado não era tão mau assim.

— E aí, cara! Topa ir remando até a lancha?

— Topar eu topo, seu Combustível. Mas pra fazer o quê? — Joca entrou no clima.

— Por enquanto é só saber se você topa. É pra ir de barco até lá, remando. Dá pra encarar? — Combustível queria uma resposta.

— Seu Combu — o rapaz sentiu-se mais íntimo —, pra tirar minha amiga dessa aí, vou até nadando, sabe?

— Pescador, aqui Combustível. Pendurado pronto! — falou pelo rádio. — Aguardo instruções. Câmbio.

— Apoio, aqui Pescador. Preparar Equipe de Abordagem com Retaguarda. Abordagem com Retaguarda, sob comando. Proteção total pra Pendurado. Combustível, atenção. Pendurado vai de barco até bombordo de Alvo. Bombordo. Quatro Peixes por boreste de Alvo. Boreste! Pendurado aproxima-se ao alcance da voz. Deve chamar Rodas. Gritar seu nome, fazer zoeira. Retaguarda! Cobertura pra Pendurado. Atenção Geral, preparação pra 10 minutos! 10 minutos, a meu comando. Repito: 10 minutos. Câmbio.

Joca já vira muito filme policial e outros de guerra, mas nunca uma conversa como aquela.

— Esses caras são pirados! — fora sua avaliação, sem entender metade daquilo tudo. — Eles devem saber o que estão fazendo, meu negócio é só remar e botar a boca no trombone... Deixa comigo!

— Pronto, Pendurado? — a pergunta chegou de supetão.

— Firme como boia! — respondeu. — Eles estão

ferrados! Mas o senhor tem certeza de que, se eu fizer essa zorra, o Vitório não vai fazer uma safadeza com a Carminha?
— Não vai fazer não, Pendurado — tranquilizou Combustível. — Sua zorra não o impressionará muito, só vai incomodá-lo, chamar a atenção dele.
— Mas ele pode ficar nervoso! — insistiu Joca.
— Sem dúvida ele vai ficar "pê" da vida — concordou o policial.
— Eu nem ligo se ele me der um tiro, sabe? Mas o que é que isso vai ajudar minha amiga?
— Aí a coisa já é com a gente — entrou Estaleiro.
— Essa é a melhor chance pra tirarmos a moça de lá. E só você pode fazer isso, cara. Você não é a polícia, é apenas o amigo da jovem. Eles não vão querer chamar a atenção de todo mundo dando um tiro em você ou nela.
— Bem, confio em Deus que vocês saibam o que estão fazendo. E se isso vai salvar Carminha, estou nessa!
Combustível só não disse que ele próprio o seguiria indo sob as águas, que seria sua proteção mais próxima.

Júlia e o jardineiro Mané — ele dissera que esse era seu nome — rodaram pelos prédios a partir do 3 e nada de Carminha.

Rapaz simpático o Mané, considerou Júlia, já esquecendo-se de sua vagabundagem como jardineiro.

Seis homens de preto, fortemente armados, foram entrando pelo "G", saindo de uma *kombi* creme. Andavam sem fazer barulho, examinando barco por barco do lado esquerdo daquele corredor de madeira. Descobriram dois barcos que poderiam ser o descrito por Júlia, "H-5" e "H-13".

Pela popa da lancha da Capitania, quatro mergulhadores entraram na água, todos com *aqualung* e portando um fuzil estranho. Mergulharam e desapareceram rumo à "Barracuda", por boreste. Uma boa volta, mas pista limpa.

Estaleiro olhava o relógio.
— É a hora! Agora, é com você, amigão!
Joca firmou os remos como conseguiu e o bote arrancou. Só estranhou o sumiço repentino do seu Combustível.
— Meu Deus, não me deixe agora! — remava e rezava, lá do seu modo. — Estou fazendo o que posso... Não marque bobeira, Deus. Faz aí do seu lado. E me ajude a fazer do meu...

— Vamos ficar aqui? — Carminha conseguiu falar, finalmente. Estava nervosa, claro, mas ficar parada ali, vendo Vitório impassível, apenas olhando lá para fora com o binóculo, mais aquele som monótono do motor, tudo isso se somava para aumentar sua impaciência.
— *Signorina, la vita è una festa. Ballare com la musica* — ele falava com calma, até sorria, mas seus olhos permaneciam pedras de gelo. — *Ora de aspettare fino passare la pressione. La pressione finirà. Calma, va bene? Niente, calma, si?*
O comandante consultou seu relógio, um gesto já repetido inúmeras vezes, como se ele estivesse esperando algum horário especial.
O pior é que estava: depois de olhar o relógio pela milésima vez, ele deu um profundo suspiro e ligou o rádio do barco.

— Acosta, "Barracuda"! Acosta, "Barracuda"! — chamado repetido ainda por várias vezes, sem nenhuma resposta, salvo o chiado do aparelho.

E ele prosseguiu naquilo, mais uma monotonia para ser somada às outras naquela situação.

— "Barracuda", Acosta! — a resposta explodiu no rádio, um alívio para Vitório, devidamente incorporado pela moça, apesar do tom soturno, grave, cavernoso.

Do diálogo travado, ela não compreendeu nada.

Percebeu que Vitório falava a seu respeito, pelo "signorina" repetido duas ou três vezes, mas não entendeu a resposta: "sparire"! — o que seria "sparire"?

Vitório olhou-a e ali, na sua solidão, ela desconfiou que havia algo diferente no seu olhar, apenas não conseguiu identificar o quê.

Se soubesse que o tal "sparire" queria dizer desaparecer, provavelmente teria ficado com medo — a ignorância, em certas situações, é uma bênção.

O italiano terminou sua comunicação com o chefão, desligou o rádio e ia se virando para ela, quando o nome dela foi gritado lá fora:

— Carminha!

Vitório parou, somente seus olhos se movimentaram.

— Carminha! Sei que você está aí! Carminha!

Um dos tripulantes assomou à porta da cabine, assustado, falando depressa.

O comandante se moveu lentamente, passou a mão pelo rosto, levantou-se da cadeira e foi até a janela de bombordo.

— Carminha! Estou aqui, conte comigo, amiga!

Era seu amigo Joca!

Mexeu-se na cadeira, impotente para qualquer movimento maior, só que sentiu que se apoiava nas pernas para se mover.

— Joca, meu amigo! — foi seu pensamento. — Só você pra me encontrar!

Sentiu suas pernas!

O formigamento ficou diferente, aumentou, teve reflexos, sabia lá!

O outro tripulante também apareceu, um revólver na mão, agitado, cuspindo palavras sobre palavras, bem mais agitado do que o outro.

— *Aspettare!* — gritou Vitório, numa voz que era uma chicotada, dura bastante para calar os dois marujos.

Dirigiu-se à porta da cabine, os marinheiros tinham se afastado, ele ocupou o retângulo todo.

— Carminha, vou tirar você daí! Confie no Joca! Vitório! você está ferrado, cara, pode crer!

Vitório via o rapaz no barquinho, um tanto distante, mas sempre ao alcance de um tiro.

— *Un tiro solo!* — solicitou um dos tripulantes.

— Idiota! — reagiu Vitório, com raiva.

— Carminha, aguenta as pontas! Estou aqui! — Joca gritava a plenos pulmões.

Ela foi a primeira a ver o homem de preto do lado esquerdo, a boreste da lancha, pelas costas de Vitório.

Ele percebeu que ela o viu, fez um sinal de silêncio e desapareceu.

Vitório estava saindo da porta de volta ao comando da lancha, quando dois homens de preto surgiram do nada, armas em punho, rendendo os dois marujos, e um terceiro veio pela esquerda, arma quebrando o vidro da janela da cabine, diretamente apontada para Vitório.

— Parado aí! — foi seu brado.

Carminha sentiu uma sensação estranha, muito estranha, e mesmo sem saber bem do que se tratava, agradeceu por estar de fraldas.

— Carminha, fique firme!... — e o grito parou aí quando Joca viu dois caras de preto, vindo do teto da cabine, desabarem no convés sobre os dois tripulantes.

— Tudo bem, Joca! — a voz de Combustível soou às suas costas, onde ele estivera atento, desde que o rapaz começou sua falação para o barco.

Piração!

Joca estava chegando ao limite de sua resistência psicológica e ver Combustível ali atrás foi a gota d'água do seu cálice.

— Vamos pra lancha, campeão! — foi o comando que veio daquele homem de máscara, oxigênio às costas, uma espingarda esquisita na mão.

Cara de Pedra ouviu um ruído estranho, um pequeno barulho muito parecido com os arranhões que um gato faria naquela lona.

Fez um sinal para Camisa Branca e ambos ficaram imóveis, superatentos.

Silêncio total, salvo o barulho da água batendo no casco do barco.

Novo arranhão na lona.

Será que um gato estava lá em cima?

Agora o arranhão foi para valer, forte mesmo.

Cara de Pedra pegou seu revólver e do modo mais silencioso que pôde, moveu-se em direção à popa, tinha que ver o que era aquilo, um bicho sem dúvida, mas seus nervos estavam mais esticados do que corda de violino.

Sinalizou para Camisa Branca e começou a afastar a lona bem devagar para surpreender o bicho.

Mas ali no fundo, nada!

O som se repetiu, agora vindo da frente!

Abriu a lona mais um pouco e enfiou a cabeça no espaço.

E deu de cara com um cano preto e grosso, aquele buraco negro, silenciosamente ameaçador, apontado para o seu nariz, uma promessa certa de que sua cabeça poderia voar para o espaço.

E por trás daquele cano, um homem de preto do qual só via os olhos nos buracos do seu capuz, fazendo-lhe um sinal de silêncio com a outra mão.

Cara de Pedra sabia que não se discutia nem se desobedecia a uma escopeta, principalmente quando ela estava a dois centímetros do rosto.

Vitório era um bandido, sem dúvida.
Mas tinha uma certa classe, era vivido.
E queria continuar vivo, com certeza.
Percebeu que havia perdido aquela parada, as armas dos policiais diziam que era assim, mesmo que silenciosas... Só que apontadas na sua direção.
Levantou as mãos ali no meio da cabine.
— *Va bene, signorina! E finito nostro giro, scusame!*
— foi sua despedida de Carminha.

Júlia voltava do hotel sem ter encontrado a jovem, confortada pela conversa do seu acompanhante, passando-lhe uma tranquilidade incrível.

— Nós vamos encontrar Carminha chegando ao apartamento, dona Júlia. Pode crer, está tudo bem com ela — ele sabia que não era bem assim, mas esperava que fosse dentro em breve e, por outro lado, contar que a garota estava sequestrada lá na lancha só iria assustar aquela boa mulher, sem resolver nada.

Quando iam chegando no já conhecido banco debaixo da varanda, alguns veículos da polícia passaram na pista, silenciosos, sem nenhuma sirene gritando.

— Mas quantos carros, Mané! — Júlia estranhou aquele movimento.

— Vai ver que vão chegar alguns turistas importantes aí — desconversou Mané, mais tranquilo com aquele desfile silencioso, sinal de que tudo correra bem.

"Barracuda" voltou à cabeça do "G", agora pilotado por um federal, Vitório devidamente algemado, assim como seus dois marujos.

Cara de Pedra e Camisa Branca também ganharam suas algemas e vieram pelo "H" direto para o camburão que os esperava na pista.

Lá do farolete, os dois futuros sócios da Marina Pedra do Peixe embarcaram na "Bella Jane" e voltaram para o hotel.

As duas lanchas do fundo do ancoradouro foram embora devagar e Pato Gordo já se retirara.

Joca veio pelo "G" escoltado por Combustível, e seu encontro com Carminha, além de um tremendo abraço que quase joga a cadeira dentro d'água, foi marcado pelo monte de coisas que nenhum dos dois disse, vozes sufocadas pela ternura das lágrimas que rolaram, generosas.

— Vocês foram geniais, turma — dizia Árvore, que, finalmente, descera do seu posto. — Mas, agora, não comentem nada com ninguém que amanhã a gente volta pra conversar com todo mundo.

— Felizmente e graças a vocês, tudo terminou bem — entrou um dos jardineiros. — E pra que tudo continue bem, quanto menos pessoas souberem disso tudo, muito melhor.

— Bem, gente, vamos em frente? Tem alguém esperando por essa moça aí! — sugeriu Combustível.

E Carminha e Joca saíram do "G" exatamente quando do Vitório embarcava no camburão.

— Olha ali, dona Júlia, quem vem vindo! — anunciou Mané.

— Valha-me, Santa Engrácia! — levantando-se. — Onde você se meteu, filha?

— Júlia, você nem vai desconfiar! — provocou a jovem depois do tremendo abraço que recebeu da sua babá. — Fui dar um passeio de lancha, acredita?

— Tem jeito não... Esses danados mentem com a cara de santinhos. E o senhor, seu Joca! Também foi passear de lancha?

— Imagine! Eu só fui nadar um pouco, ora!

— Dona Júlia, vamos subir que precisamos ter uma conversinha — Combustível fora encarregado de passar as primeiras notícias.

— Olha, tia. Se precisar de alguma coisa, vou ficar aqui por baixo, viu?

— Obrigada, filho! — respondeu Júlia, meio tonta no meio daquele pessoal. — Jardineiro gozado esse Mané! É um embrulhão no seu trabalho, mas foi muito simpático comigo, estou até gostando do danado, ora!

Pescador e seu companheiro vieram do farolete para o hotel e juntos com seu Ambrósio circularam pela marina tranquilizando uma ou outra pessoa que se assustara com alguns fatos da operação, principalmente a gritaria de Joca.

Naquele mesmo dia, início de noite, chegaram Marco Aurélio e Regina, chamados por seu Ambrósio e escoltados por uma viatura da Polícia Federal desde o Rio.

O apartamento virou uma confusão só: seu Ambrósio, seu Mascarenhas, seu Jaime e dona Gê, todos estavam ali, além de Joca, evidentemente.

E sem contar Combustível, agora sem a roupa de mergulho, Mané e Árvore.

Seu Elvídeo foi o último a aparecer, acompanhando o Comandante Pitanga.
O apartamento estava pequeno, e ainda veio o Pescador e mais um outro policial.
— Sou o Delegado Emanuel Rodrigues, da Polícia Federal — começou sua fala —, e fui o Pescador nessa operação.

Pela explanação do policial, ficaram sabendo que haviam desbaratado uma operação criminosa das mais sérias, montada por uma facção da *Cosa Nostra*, um dos braços da Máfia.

— Eles operavam com tóxicos, armas especiais, fuga, evasão e acobertamento de criminosos, além de apoio a movimentos terroristas, onde entra o "Sy Weng Star" — sintetizara o Delegado Rodrigues.

Carminha se lembrou dos árabes e chineses.

— Felizmente, conseguimos resolver tudo aqui na marina, do modo mais discreto possível, uma verdadeira operação padrão — acrescentou o federal.

— E queremos agradecer a cooperação da Marina Pedra do Peixe — registrou o Comandante Pitanga.

— Eu não podia sequer imaginar...

— Nem o senhor, seu Ambrósio, nem nós nem ninguém poderia desconfiar de nada. Eles montaram esse esquema com muita competência — o policial reconhecia o profissionalismo dos bandidos.

— Felizmente vocês descobriram tudo! — Regina ainda se arrepiava com o sucedido a sua filha.

— É, descobrimos... Mas graças a uma senhora ajuda quando andávamos no escuro — o policial era franco. — Sabíamos de certas coisas, mas sem o como e o onde.

— Que ajuda? — alguém perguntou.

— Alguém desconfiou de algo e avisou a polícia...
E a mim, também — foi a vez do Capitão dos Portos. —
Juntamos as informações e a coisa foi clareando.
— Ora, quer dizer que o disque-denúncia funciona mesmo? — interveio Marco Aurélio.
— E como, senhor, e como! Só que desta feita quem nos ajudou utilizou o correio, além do telefone — e, discretamente, deu uma piscadela para Carminha.
A jovem viu que ele sabia, mas ficou firme. Manteria o segredo enquanto pudesse, mais tarde contaria a seus pais, mas só a eles.
— A "Marlim de Prata" se meteu em alguma confusão, foi localizada ao norte do litoral de São Paulo, bastante avariada. Seus tripulantes desapareceram, não há sinal deles, exceto o que estava agora na "Barracuda", e por meio do qual vamos saber o que ocorreu com os outros — o Delegado Rodrigues achava importante passar aquelas informações para todos ali, cortando boatos e especulações desde logo.
— A "Barracuda" veio substituir a "Marlim" na operação — esclareceu o Comandante Pitanga. — Mas como a guerra entre quadrilhas continuou, eles tiveram que acelerar as ações e essa pressa comprometeu o planejamento. Esses dois últimos passageiros que tentaram embarcar aqui são pistoleiros da *Cosa Nostra*, e a chinesa do outro dia é considerada pelo FBI a terrorista número 3 do momento.
— Bem, nós lhes devíamos essas explicações e pedimos que esse assunto fique só entre nós — solicitou o Delegado.
— Sem dúvida. Todos temos interesse em preservar a tranquilidade da marina e, se essa história circular por aí, isso aqui vai ficar cheio de curiosos — boa lembrança de seu Ambrósio.

— Pelo mesmo motivo a Marinha e a Aeronáutica deixaram o "Sy Weng Star" seguir viagem, sem os últimos passageiros, claro. Primeiro, o navio estava em águas internacionais; em segundo lugar, é um navio chinês que navega sob bandeira da Líbia, fretado por armadores de Hong-Kong, é complicado... E o Brasil não tem nenhum interesse em criar um incidente internacional — o Capitão dos Portos estava procurando explicar com simplicidade aquela grande confusão.

— Mas vão deixá-lo continuar a agir? — pergunta que todos queriam fazer.

— Bem, o Brasil vai informar aos países amigos sobre a participação dele nisso tudo — prosseguiu o oficial da Marinha. — Um belo dia, alguém fará alguma coisa e esse navio sai de circulação. Muitas ações no campo internacional são realizadas assim.

— Podemos considerar o assunto encerrado? — perguntou o federal.

— Da minha parte, nunca soube de nada! — apressou-se seu Ambrósio.

A reunião estava encerrada.

Ficou definido, ainda, que três agentes federais permaneceriam na Marina até a conclusão das investigações, e o depoimento dos jovens foi marcado para ser feito ali mesmo dentro de mais dois ou três dias.

No resumo daquela noite, Carminha e Joca, superando suas limitações, haviam sido as peças principais daquilo tudo, desde a descoberta de alguma coisa, concluindo com uma participação física indesejada, porém eficaz.

E sem esquecer a colaboração de Júlia.

— Como você se sente, Joca? — alguém perguntou.

— Continuo firme como boia! Quem pode menos às vezes pode mais!

Epílogo

Regina ficara muito apreensiva com aqueles acontecimentos e não era para menos.

— Viver é perigoso, tudo é perigoso. O importante nisso tudo é que Carminha se saiu fabulosamente bem, com coragem e determinação. Observei-a muito durante a reunião e ela estava tranquila, segura como se fosse uma veterana em tropelias policiais — disse Marco Aurélio.

Isso era um fato: a jovem se portara maravilhosamente, e não fosse aquela cadeira de rodas, ali estivera a Carminha de sempre.

Carlos e Celso — a dupla inseparável — chegaram na sexta, orgulhosos da heroína da família e, ao saberem do ocorrido, saudaram a querida babá como a "Julinha cana-dura, o terror dos mafiosos".

A fisioterapia foi suspensa naqueles três dias, mas a moça anunciou que na segunda retomaria sua rotina.

Joca se agregou à família, participou de tudo, grudado ao lado da amiga. Tinha um sorriso pregado no rosto.

No domingo saiu com Marco Aurélio para uma volta na "Charmosa", só os dois.

Regina ficou com a filha na semana seguinte e os exercícios e as massagens correram sem trégua ao longo de todas as manhãs.

Seu segredo permaneceria mantido: não queria criar expectativas sobre o que sentira nas suas pernas, lá na cabine da "Barracuda".

Às tardes, sua mãe ia conversar com dona Gê, as duas justificadamente orgulhosas de Carminha e de Joca.

E eles dois circulavam pela marina em papos quilométricos.

— O assunto desses aí não acaba nunca! — observação alegre da boa Júlia.

E por falar nela... Um dos agentes federais que permanecera ali era "o jardineiro Mané", para quem a devota de Santa Engrácia destinava suas obras culinárias, um bolinho aqui, pãezinhos de queijo ali, uma torradinha acolá.

— E quer saber de outra coisa? Vou voltar a estudar!
— Maravilha, Joca! Mas vai mesmo?
— Vou! Vou encarar o resto do 1º Grau, pelo menos. Depois, se der pé, quem sabe, faço o 2º!
— Claro que vai dar pé, cara. Assim é que se fala.

Os dois papeavam no banco da Pedra do Peixe, lá defronte ao mar.

— Então, você vai mesmo embora...
— Não, não vou embora. Apenas vou voltar pra casa. Aprendi o que precisava com você, meu amigo. Posso enfrentar minha nova vida com segurança.
— Que aprendeu comigo, que nada, Carminha.
— É, Joca. Você me mostrou que quem pode menos pode mais. Tenho uma parada dura pela frente e vou entrar na quadra pra vencer esse jogo. Vai ser um jogo comprido, amigo, mas vou vencer.
— Aposto em você, amiga. Vai firme como boia, que vai dar pé!

■ Analisando o texto

1. Como Carminha ficou paraplégica?

R.: _____

_____

_____

_____

2. "Carminha não queria ir, mas tanto insistiram que acabou topando para não ser 'diferente'." O que você achou da atitude de Carminha de ir ao "pega" somente para agradar seus amigos? Você costuma agir da mesma forma?

R.: _____

_____

_____

_____

3. Qual foi a primeira reação de Carminha ao saber que viveria para sempre numa cadeira de rodas? Justifique sua resposta com um fragmento do texto.

R.: _____

_____

_____

_____

4. A expressão "firme como boia" aparece várias vezes ao longo do texto e constitui o título do livro. O que ela pode significar?

R.:_____

_____

_____

_____

Firme como Boia

ROBERTO JENKINS DE LEMOS

Apreciando a Leitura

■ Bate-papo inicial

Tudo mudou na vida de Carminha depois do acidente que sofreu. Seu corpo não era mais o mesmo, nem sua alma, e ela precisava de um lugar especial onde pudesse refletir sobre essas transformações.

Foi na Marina Pedra do Peixe que a ex-jogadora de vôlei descobriu o sentido de ser diferente. Ali, em companhia de Júlia e Joca, pôde compreender melhor seu medo e sua revolta e, ao mesmo tempo, superar esses sentimentos.

E como quem muda também provoca mudanças, Carminha se envolveu numa aventura extraordinária, ajudando a Polícia Federal a prender uma quadrilha internacional, sempre ajudada por Joca, o amigo inseparável.

15. Você conhece a legislação brasileira para as pessoas portadoras de deficiência (PPDs)? Não? Então faça uma pesquisa para descobrir quais as garantias que a lei lhes oferece. Depois organize essas informações em um painel e exponha seu trabalho para os colegas. Entreviste uma pessoa que seja portadora de alguma deficiência e pergunte-lhe quais são suas maiores dificuldades no dia a dia. Não se esqueça de fazer um roteiro com as perguntas mais importantes.

Sugestões de leitura

PAIVA, Marcelo Rubens. *Feliz ano velho.* São Paulo: Objetiva, 2006.
FORJAZ, Sonia Salermo. *Papai não é perfeito.* São Paulo: FTD, 2007 (Col. Recomeço).

Escola: _____

Nome: _____

_____

Ano: _____ Número: _____

5. Depois que Carminha chegou à Pedra do Peixe, foram construídas rampas nos meios-fios e ao lado das escadinhas. Você acha que essa preocupação com as pessoas que andam em cadeiras de rodas corresponde à realidade?

R.: _____

_____

_____

_____

_____

6. Observe a opinião do Dr. Iram, médico de Carminha: "Talvez as atenções e os cuidados a estejam sufocando, pode ser que esse ambiente, esse clima de superproteção, não a deixe pensar noutra coisa que não na 'sua culpa' pelo acidente".
Você acha que, às vezes, a família pode atrapalhar a vida de uma pessoa? Justifique sua resposta.

R.: _____

_____

_____

_____

_____

7. Joca tem o braço e a perna esquerdos atrofiados e um andar desengonçado, mas, diferentemente de Carminha, vive alegre. O que explicaria esse comportamento do rapaz?

R.: _____

_____

_____

_____

_____

_____

11. É comum o emprego da linguagem coloquial nas falas das personagens. Reescreva estas falas utilizando a norma culta.

a) "— Você curte viver aqui, não curte, Joca?"

R.: _____

b) "— É vapt-vupt, vim de triciclo".

R.: _____

c) "— Então, vocês dois continuam aí chocando a lancha?"

R.: _____

d) "— Vou dar um alô pro Joca."

R.: _____

■ Redigindo

12. Crie uma narrativa de aventura em que algumas personagens conversem por código, como ocorreu no resgate de Carminha. Não se esqueça de que no fim da história é preciso revelar a verdadeira identidade dessas personagens. O tema é livre.

13. Agora imagine a seguinte situação: chegou a sua escola um aluno que anda em cadeira de rodas e tem dificuldades em se locomover pelas dependências do prédio.

Observe o espaço físico de cada ambiente e verifique se há rampas de acesso em todos os lugares, se os banheiros são adaptados, se no refeitório há lugar especial para a cadeira etc.

Feito esse levantamento, redija uma carta à Direção de sua escola, solicitando as providências necessárias para que seu colega possa desfrutar de uma vida escolar plena.

Pesquisando

14. As pessoas portadoras de deficiência têm necessidades específicas em relação a diversas atividades. O que você sabe sobre isso?

Consulte jornais, revistas e a internet, selecionando informações sobre trabalho, lazer, transporte e educação.

8. O interesse de Carminha pelo mistério que envolvia a "Marlim de Prata" e a "Barracuda" contribuiu para sua recuperação? Justifique sua resposta.

R.: _____

_____

_____

_____

9. Você acha que Joca e Carminha agiram corretamente bancando os detetives? Justifique sua resposta.

R.: _____

_____

_____

Linguagem

10. Neste livro, você pôde ter contato com dois tipos específicos de linguagem: a da área médica e a da área náutica. Selecione cinco vocábulos de cada área e dê seus respectivos significados.

R.: _____

_____

_____

_____

_____

_____

_____

_____

_____

_____

_____

_____

_____

Ócarioca Roberto Jenkins de Lemos (1937-2010), estabeleceu-se em Brasília por 29 anos, onde exerceu funções governamentais e, nos intervalos, atuou no campo empresarial. Colaborou com diversos órgãos da imprensa nacional, ministrou cursos na área de Administração, foi membro da ABRP — Associação Brasileira de Relações Públicas, tendo desenvolvido diversos trabalhos no setor, proferiu palestras em diversos eventos e planejou e gerenciou outros. Em 1991, mudou-se para Vila Velha; em 1994 foi morar em Nova Guarapari, Espírito Santo, mas, depois, retornou a Brasília.

Para ele, era muito gratificante ser lido por jovens, embora, em sua opinião, escrever para adolescentes fosse uma grande responsabilidade, pois eles conferem tudo o que leem. Bem-humorado e um "fazedor de jornais", além deste *Firme como boia*, Roberto Jenkins de Lemos publicou, pela Coleção Jabuti, *Furo de reportagem*, *A mochila*, *Oh! Coração!*, *Primeiro amor* e *Sendo o que se é*.

Um de seus últimos textos exprime bem seu pensamento e o modo como encarava a vida:

"Cada dia, um recomeço.
A vida é mutante pela sua própria natureza e, em assim sendo, renovamo-nos diuturnamente; é um recomeço constante, já que hoje há de ser diferente do ontem. Por conseguinte, o bicho-homem é mutável e mutante. O que foi hoje será finito na sua própria essência."

Sobre o ilustrador:
Marcelo Martins nasceu em São Paulo, capital, há trinta anos. Desenha, como muitos, desde criança, mas nunca estudou arte. Ao contrário, estudava economia na USP quando foi convidado a estagiar numa agência de publicidade. Lá conviveu com artistas pela primeira vez e foi onde aprendeu a usar tintas e outros materiais. Acabou se formando em publicidade pela ESPM e trabalhou exclusivamente com propaganda e arte durante oito anos, passando de estagiário, assistente de arte, ilustrador a diretor de arte. Durante esse tempo, surgiu a oportunidade de fazer histórias em quadrinhos para o exterior, e com ela muitas outras oportunidades também em editoras nacionais se abriram. Desde então, a arte ocupa um papel definitivo em sua vida, principalmente como forma de expressão e realização.

COLEÇÃO JABUTI

4 Ases & 1 Curinga
Adeus, escola ▼◆▓☒
Adivinhador, O
Amazônia
Anjos do mar
Aprendendo a viver ◆✄■
Aqui dentro há um longe imenso
Artista na ponte num dia de chuva e neblina, O ✱★✤
Aventura na França
Awankana ✐☆✤
Baleias não dizem adeus ✱▩✤○
Bilhetinhos ◉
Blog da Marina, O ✤✐
Boa de garfo e outros contos ◆✐✄✤
Borboletas na chuva
Botão grená, O ▼✐
Braçoabraço ▼Ҏ
Caderno de segredos ▢◉✐▩✤○
Carrego no peito
Carta do pirata francês, A ✐
Casa de Hans Kunst, A
Cavaleiro das palavras, O ★
Cérbero, o navio do inferno ▩☑✤
Charadas para qualquer Sherlock
Chico, Edu e o nono ano
Clube dos Leitores de Histórias Tristes ✐
Com o coração do outro lado do mundo ■
Conquista da vida, A
Contos caipiras
Da costa do ouro ▲✤○
Da matéria dos sonhos ▩☑✤
De Paris, com amor ▢◉★▩✄☒✤
De sonhar também se vive...
Debaixo da ingazeira da praça
Delicadezas do espanto ◉
Desafio nas missões
Desafios do rebelde, Os
Desprezados F. C.
Deusa da minha rua, A ▩✤○
Dúvidas, segredos e descobertas
É tudo mentira
Enigma dos chimpanzés, O
Enquanto meu amor não vem ●✐✤
Espelho maldito ▼✐✄
Estava nascendo o dia em que conheceriam o mar

Estranho doutor Pimenta, O
Face oculta, A
Fantasmas ✤
Fantasmas da rua do Canto, Os ✐
Firme como boia ▼✤○
Florestania ✐
Furo de reportagem ▢◉◉▩Ҏ✤
Futuro feito à mão
Goleiro Leleta, O ▲
Guerra das sabidas contra os atletas vagais, A ✐
Hipergame ⌒▩✤
História de Lalo, A ✄
Histórias do mundo que se foi ▲✐◉
Homem que não teimava, O ◉▩◉ҎО
Ilhados
Ingênuo? Nem tanto...
Jeitão da turma, O ✐○
Lelé da Cuca, detetive especial ☑◉
Lia e o sétimo ano ✐■
Liberdade virtual ✐
Lobo, lobão, lobisomem
Luana Carranca
Machado e Juca †▼●☞☑✤
Mágica para cegos
Mariana e o lobo Mall ▩✤
Márika e o oitavo ano ■
Marília, mar e ilha ▓☞✐
Mataram nosso zagueiro
Matéria de delicadeza ✐✐✤
Melhores dias virão
Menino e o mar, O ✐
Miguel e o sexto ano ✐
Minha querida filhinha
Mistério de Ícaro, O ◉Ҏ
Mistério mora ao lado, O ▼◉
Mochila, A
Motorista que contava assustadoras histórias de amor, O ▼● ▓✤
Muito além da imaginação
Na mesma sintonia ✦✤
Na trilha do mamute ■✐☞✤
Não se esqueçam da rosa ♠✤
Nos passos da dança
Oh, Coração!
Passado nas mãos de Sandra, O ▼◉✤○
Perseguição

Porta a porta ■▓▢◉✐✄✤
Porta do meu coração, A ◆Ҏ
Primavera pop! ◉▩Ҏ
Primeiro amor
Que tal passar um·ano num país estrangeiro?
Quero ser belo ☑
Redes solidárias ◉▲▢✐Ҏ✤
Reportagem mortal
Riso da morte, O
romeu@julieta.com.br ▩▓✄✤
Rua 46 †▢◉✄✤
Sabor de vitória ▓✤○
Saci à solta
Sardenta ☞▩☑✤
Savanas
Segredo de Estado ■☞
Sendo o que se é
Sete casos do detetive Xulé ■
Só entre nós — Abelardo e Heloísa ▓■
Só não venha de calça branca
Sofia e outros contos ☺
Sol é testemunha, O
Sorveteria, A
Surpresas da vida
Táli ☺
Tanto faz
Tenemit, a flor de lótus
Tigre na caverna, O
Triângulo de fogo
Última flor de abril, A
Um anarquista no sótão
Um balão caindo perto de nós
Um dia de matar! ●
Um e-mail em vermelho
Um sopro de esperança
Um trem para outro (?) mundo ✖
Uma janela para o crime
Uma trama perfeita
Vampíria
Vera Lúcia, verdade e luz ▢◆◉✤
Vida no escuro, A
Viva a poesia viva ●▩◉✐▩✤○
Viver melhor ▢◉✤
Vô, cadê você?
Yakima, o menino-onça ♦⌒○
Zero a zero

★ Prêmio Altamente Recomendável da FNLIJ
☆ Prêmio Jabuti
✱ Prêmio "João-de-Barro" (MG)
▲ Prêmio Adolfo Aizen - UBE
☜ Premiado na Bienal Nestlé de Literatura Brasileira
✐ Premiado na França e na Espanha
☺ Finalista do Prêmio Jabuti
♦ Recomendado pela FNLIJ
✖ Fundo Municipal de Educação - Petrópolis/RJ
◉ Fundação Luís Eduardo Magalhães
● CONAE-SP
✤ Salão Capixaba-ES

▼ Secretaria Municipal de Educação (RJ)
■ Departamento de Bibliotecas Infantojuvenis da Secretaria Municipal da Cultura de São Paulo
◆ Programa Uma Biblioteca em cada Município
▢ Programa Cantinho de Leitura (GO)
♣ Secretaria de Educação de MG/supletivo de Educação de Jovens e Adultos - Ensino Fundamental
☞ Acervo Básico da FNLIJ
✈ Selecionado pela FNLIJ para a Feira de Bolonha/96
✐ Programa Nacional do Livro Didático

▩ Programa Bibliotecas Escolares (MG)
⌒ Programa Nacional de Salas de Leitura
▓ Programa Cantinho de Leitura (MG)
◉ Programa de Bibliotecas das Escolas Estaduais (GO)
† Programa Biblioteca do Ensino Médio (PR)
✄ Secretaria Municipal de Educação de São Paulo
☒ Programa "Fome de Saber", da Faap (SP)
Ҏ Secretaria de Educação e Cultura da Bahia
☑ Prefeitura de Santana do Parnaíba (SP)
○ Secretaria de Educação e Cultura de Vitória